Cinco minutos & A viuvinha

JOSÉ DE ALENCAR
Cinco minutos & A viuvinha

TEXTO INTEGRAL

Apresentação de
Marisa P. Lajolo

gerente editorial Claudia Morales
editor Fabricio Waltrick
editores assistentes Fabiane Zorn e José Muniz Jr.
coordenadora de revisão Ivany Picasso Batista
revisão Beatriz C. Nunes de Sousa e Alessandra Miranda de Sá

arte
imagem da capa objeto itálico, 2010, obra de Alessandra Vaghi
projeto gráfico Fabricio Waltrick e Luiz Henrique Dominguez
editor Vinicius Rossignol Felipe
diagramadora Thatiana Kalaes
editoração eletrônica Carla Castilho | Estúdio

CIP-BRASIL. CATALOGAÇÃO NA FONTE
SINDICATO NACIONAL DOS EDITORES DE LIVROS - RJ

A353c
30.ed.

Alencar, José de, 1829-1877
 Cinco minutos ; A viuvinha / José de Alencar. - 30.ed. -
São Paulo : Ática, 2011.
 136p. - (Bom Livro)

 Inclui apêndice e bibliografia
 Contém suplemento de leitura
 ISBN 978-85-08-14564-5

 1. Romance brasileiro. I. Título. II. Título: A viuvinha. III. Série.

11-0981.   CDD 869.93
                                        CDU: 821.134.3(81)-3

ISBN 978 85 08 14564-5 (aluno)
ISBN 978 85 08 13198-3 (professor)
CAE: 262974
Código da obra CL 737816
2014
30ª edição
6ª impressão
Impressão e acabamento: Corprint Gráfica e Editora Ltda.

Todos os direitos reservados pela Editora Ática | 2005
Av. Otaviano Alves de Lima, 4400 - CEP 02909-900 - São Paulo, SP
Atendimento ao cliente: 4003-3061 - atendimento@atica.com.br
www.atica.com.br - www.atica.com.br/educacional

IMPORTANTE: Ao comprar um livro, você remunera e reconhece o trabalho do autor e o de muitos outros profissionais envolvidos na produção editorial e na comercialização das obras: editores, revisores, diagramadores, ilustradores, gráficos, divulgadores, distribuidores, livreiros, entre outros. Ajude-nos a combater a cópia ilegal! Ela gera desemprego, prejudica a difusão da cultura e encarece os livros que você compra.

Sumário

O Alencar dos primeiros tempos 7

Cinco minutos 9
I 13
II 16
III 21
IV 24
V 28
VI 30
VII 33
VIII 37
IX 42
X 47

A viuvinha 53
I 57
II 59
III 61
IV 65
V 67
VI 69
VII 72
VIII 75
IX 77
X 79
XI 81

XII 84
XIII 87
XIV 92
XV 96
XVI 101

Vida & obra 107
Resumo biográfico 129
Obras do autor 131
Obra da capa 135

O ALENCAR DOS PRIMEIROS TEMPOS

Marisa P. Lajolo

Doutora em Teoria Literária e Literatura Comparada pela Universidade de São Paulo (USP), pós-doutora pela Brown University, professora da Universidade Estadual de Campinas (Unicamp) e professora titular da Universidade Presbiteriana Mackenzie.

Os romances que este volume engloba têm muito em comum: os dois foram escritos por José de Alencar no começo da carreira, ambos são extremamente curtos, contam uma história de amor e têm por cenário a cidade do Rio de Janeiro em meados do século XIX. Mais ainda: são contados ao leitor através de um artifício muito simples: o narrador finge que se dirige a uma prima, a quem conta as duas histórias: a de seu casamento com Carlota (*Cinco minutos*) e a de uma amiga de sua esposa (*A viuvinha*).

Esse artifício rende juros, pois o leitor lê o romance não como quem lê um livro escrito para ser um romance, mas como quem surpreende uma conversa que não lhe é dirigida. Várias vezes o narrador da história enfatiza o caráter verídico dos fatos que conta: "É uma história curiosa a que lhe vou contar, minha prima. Mas é uma história e não um romance". "Mas eu não escrevo um romance, conto-lhe uma história."

Além de o narrador afirmar que as histórias aconteceram de verdade, encontramos nessas duas obras outros processos pelos quais ele as subtrai à categoria de ficção: citações precisas de locais e horários, menção a obras públicas — como a construção da Santa Casa e a destruição do morro do Castelo — e alusão a fatos característicos da vida carioca da época, como a frequência à ópera e os hábitos comerciais da praça do Rio. Enfim, Alencar fornece a seus leitores um forte lastro de realidade que, por assim dizer, embrulha tudo o que no seu romance há de fantástico, imaginoso e romântico.

Por tabela, para o leitor ingênuo, ganham foros de verdade os amores súbitos e eternos, os gestos irrefletidos, as decisões passionais, as curas impossíveis e tudo o mais que faz o leitor moderno (e mais exigente) sorrir-se de Alencar. Hoje em dia, tais romantiquices provocam sorrisos de incredulidade e relegam o Alencar destes livros para estantes empoeiradas pelo desuso. Contudo, tais elementos também fornecem a esses textos sua identidade romântica, isto é, a capacidade de satisfazer os leitores brasileiros de meados do século passado.

Quem eram esses leitores? Na sua maioria mulheres. Mulheres da classe burguesa, para quem a leitura de folhetins era o meio de passar o tempo, dividido entre ordens aos escravos e trabalhos de agulha; estes últimos, muitas vezes, tinham como fundo sonoro a leitura de romances do tipo *Cinco minutos* e *A viuvinha*, cuja existência e popularidade nos é atestada pelo próprio Alencar. Em certa altura de sua obra, ele conta que sua carreira de romancista deve muito ao fato de ter sido encarregado pelas tias, primas e irmãs da leitura em voz alta dos folhetins (capítulos semanais de romances), avidamente escutados e fartamente lacrimejados pela assembleia feminina reunida em torno de costuras e bordados.

Daí, talvez, a importância daquela misteriosa inicial D, que esconde do leitor a identidade da prima a quem o narrador conta ambas as histórias. Por ser um personagem incógnito, pode facilmente confundir-se com qualquer leitora. Essa prima, que tem o privilégio de conhecer um personagem de romance, identifica-se facilmente com a leitora, a quem o livro empresta, por momentos, a vida aventurosa e romanesca de Carlota e Carolina. As leitoras deste tipo de romance não pediam mais que isso, como mais não pedem os atuais consumidores de fotonovelas. *Cinco minutos* e *A viuvinha* não documentam senão o lado direito e luminoso da vida burguesa. Seus personagens, no fundo, representam o ideal acabado dessa vida, tropicalmente reproduzida na Corte brasileira.

Em *Cinco minutos*, o narrador-personagem está disponível, da primeira à última página, para satisfazer todos os caprichos de sua imaginação. Sem compromisso profissional algum, o aspecto financeiro de suas peregrinações atrás de Carlota não chega jamais a preocupá-lo. Já em *A viuvinha*, a trajetória percorrida pelo personagem masculino principal é um pouco diferente, mas reflete a mesma ideologia burguesa de desprezo pelo trabalho. Percebe-se nas entrelinhas que o dinheiro é essencial à felicidade, mas o trabalho honesto para consegui-lo é um castigo. Resta aos leitores a impressão final de que uma existência digna de um grande amor é indigna de vis preocupações materiais, como o trabalho do dia a dia.

E é dessa realidade diária, mesquinha e burguesa, que o leitor de tais obras se sente libertado ao, ilusoriamente, identificar-se com as carolinas e carlotas literárias, precursoras, a seu tempo, das heroínas alienantes e alienadas das tele e fotonovelas.

Cinco minutos

A D...

I

É uma história curiosa a que lhe vou contar, minha prima.

Mas é uma história e não um romance.

Há mais de dois anos, seriam seis horas da tarde, dirigi-me ao Rocio para tomar o ônibus de Andaraí.

Sabe que sou o homem menos pontual que há neste mundo; entre os meus imensos defeitos e as minhas poucas qualidades, não conto a *pontualidade*, essa virtude dos reis e esse mau costume dos ingleses.

Entusiasta da liberdade, não posso admitir de modo algum que um homem se escravize ao seu relógio e regule as suas ações pelo movimento de uma pequena agulha de aço ou pelas oscilações de uma pêndula.

Tudo isto quer dizer que, chegando ao Rocio, não vi mais ônibus algum; o empregado a quem me dirigi respondeu:

— Partiu há cinco minutos.

Resignei-me e esperei pelo ônibus de sete horas. Anoiteceu.

Fazia uma noite de inverno fresca e úmida; o céu estava calmo, mas sem estrelas.

À hora marcada chegou o ônibus e apressei-me a ir tomar o meu lugar.

Procurei, como costumo, o fundo do carro, a fim de ficar livre das conversas monótonas dos recebedores, que de ordinário têm sempre uma anedota insípida a contar ou uma queixa a fazer sobre o mau estado dos caminhos.

O canto já estava ocupado por um monte de sedas, que deixou escapar-se um ligeiro farfalhar, conchegando-se para dar-me lugar.

Sentei-me; prefiro sempre o contato da seda à vizinhança da casimira ou do pano.

O meu primeiro cuidado foi ver se conseguia descobrir o rosto e as formas que se escondiam nessas nuvens de seda e de rendas.

Era impossível.

Além de a noite estar escura, um maldito véu que caía de um chapeuzinho de palha não me deixava a menor esperança.

Resignei-me e assentei que o melhor era cuidar de outra coisa.

Já o meu pensamento tinha-se lançado a galope pelo mundo da fantasia, quando de repente fui obrigado a voltar por uma circunstância bem simples.

Senti no meu braço o contato suave de um outro braço, que me parecia macio e aveludado como uma folha de rosa.

Quis recuar, mas não tive ânimo; deixei-me ficar na mesma posição e cismei que estava sentado perto de uma mulher que me amava e que se apoiava sobre mim.

Pouco a pouco fui cedendo àquela atração irresistível e reclinando-me insensivelmente; a pressão tornou-se mais forte; senti o seu ombro tocar de leve o meu peito; e a minha mão impaciente encontrou uma mãozinha delicada e mimosa, que se deixou apertar a medo.

Assim, fascinado ao mesmo tempo pela minha ilusão e por este contato voluptuoso, esqueci-me, a ponto que, sem saber o que fazia, inclinei a cabeça e colei os meus lábios ardentes nesse ombro, que estremecia de emoção.

Ela soltou um grito, que foi tomado naturalmente como susto causado pelos solavancos do ônibus, e refugiou-se no canto.

Meio arrependido do que tinha feito, voltei-me como para olhar pela portinhola do carro, e, aproximando-me dela, disse-lhe quase ao ouvido:

— Perdão!

Não respondeu; conchegou-se ainda mais ao canto.

Tomei uma resolução heroica.

— Vou descer, não a incomodarei mais.

Ditas estas palavras rapidamente, de modo que só ela ouvisse, inclinei-me para mandar parar.

Mas senti outra vez a sua mãozinha, que apertava docemente a minha, como para impedir-me de sair.

Está entendido que não resisti e que me deixei ficar; ela conservava-se sempre longe de mim, mas tinha-me abandonado a mão, que eu beijava respeitosamente.

De repente veio-me uma ideia. Se fosse feia! se fosse velha! se fosse uma e outra coisa!

Fiquei frio e comecei a refletir.

Esta mulher, que sem me conhecer me permitia o que só se permite ao homem que se ama, não podia deixar com efeito de ser feia e muito feia.

Não lhe sendo fácil achar um namorado de dia, ao menos agarrava-se a este, que de noite e às cegas lhe proporcionara o acaso.

É verdade que essa mão delicada, essa espádua aveludada... Ilusão! Era a disposição em que eu estava!

A imaginação é capaz de maiores esforços ainda.

Nesta marcha, o meu espírito em alguns instantes tinha chegado a uma convicção inabalável sobre a fealdade de minha vizinha.

Para adquirir a certeza renovei o exame que tentara a princípio: porém, ainda desta vez, foi baldado; estava tão bem envolvida no seu mantelete[1] e no seu véu, que nem um traço do rosto traía o seu incógnito.

Mais uma prova! Uma mulher bonita deixa-se admirar e não se esconde como uma pérola dentro da sua ostra.

Decididamente era feia, enormemente feia!

Nisto ela fez um movimento, entreabrindo o seu mantelete, e um bafejo suave de aroma de sândalo exalou-se.

Aspirei voluptuosamente essa onda de perfume, que se infiltrou em minha alma como um eflúvio celeste.

Não se admire, minha prima; tenho uma teoria a respeito dos perfumes.

A mulher é uma flor que se estuda, como a flor-do-campo, pelas suas cores, pelas suas folhas e sobretudo pelo seu perfume.

Dada a cor predileta de uma mulher desconhecida, o seu modo de trajar e o seu perfume favorito, vou descobrir com a mesma exatidão de um problema algébrico se ela é bonita ou feia.

De todos estes indícios, porém, o mais seguro é o perfume; e isto por um segredo da natureza, por uma lei misteriosa da criação, que não sei explicar.

Por que é que Deus deu o aroma mais delicado à rosa, ao heliotrópio, à violeta, ao jasmim, e não a essas flores sem graça e sem beleza, que só servem para realçar as suas irmãs?

É decerto por esta mesma razão que Deus só dá à mulher linda esse tato delicado e sutil, esse gosto apurado, que sabe distinguir o aroma mais perfeito...

Já vê, minha prima, por que esse odor de sândalo foi para mim como uma revelação.

Só uma mulher distinta, uma mulher de sentimento, sabe compreender toda a poesia desse perfume oriental, desse *hatchiss*[2] do olfato, que nos embala nos sonhos brilhantes das *Mil e uma noites*[3], que nos fala da Índia, da China, da Pérsia, dos esplendores da Ásia e dos mistérios do berço do sol.

---

1 **mantelete**: capa curta usada por cima do vestido para proteger do frio. (N.E.)

2 *hatchiss*: palavra transcrita do árabe, corresponde a "haxixe". (N.E.)

3 *Mil e uma noites*: conjunto clássico de contos da literatura oriental, reproduz as histórias que Sherazade teria contado ao rei Shahryar para escapar da própria morte. (N.E.)

O sândalo é o perfume das odaliscas de Istambul e das huris[4] do profeta; como as borboletas que se alimentam de mel, a mulher do Oriente vive com as gotas dessa essência divina.

Seu berço é de sândalo; seus colares, suas pulseiras, o seu leque, são de sândalo; e, quando a morte vem quebrar o fio dessa existência feliz, é ainda em uma urna de sândalo que o amor guarda as suas cinzas queridas.

Tudo isto me passou pelo pensamento como um sonho, enquanto eu aspirava ardentemente essa exalação fascinadora, que foi a pouco e pouco desvanecendo-se.

Era bela!

Tinha toda a certeza; desta vez era uma convicção profunda e inabalável.

Com efeito, uma mulher de distinção, uma mulher de alma elevada, se fosse feia, não dava sua mão a beijar a um homem que podia repeli-la quando a conhecesse; não se expunha ao escárnio e ao desprezo.

Era bela!

Mas não a podia ver, por mais esforços que fizesse.

O ônibus parou; uma outra senhora ergueu-se e saiu.

Senti a sua mão apertar a minha mais estreitamente; vi uma sombra passar diante de meus olhos no meio do *ruge-ruge* de um vestido, e quando dei acordo de mim, o carro rodava e eu tinha perdido a minha visão.

Ressoava-me ainda ao ouvido uma palavra murmurada, ou antes suspirada quase imperceptivelmente:

— *Non ti scordar di me!*[5]...

Lancei-me fora do ônibus; caminhei à direita e à esquerda; andei como um louco até nove horas da noite.

Nada!

II

Quinze dias se passaram depois de minha aventura.

Durante este tempo é escusado dizer-lhe as extravagâncias que fiz.

Fui todos os dias a Andaraí no ônibus das sete horas, para ver se encontra-

---

4 **huri**: segundo o Alcorão (livro sagrado dos muçulmanos), é a linda mulher que espera o bom crente no paraíso. (N.E.)

5 ***Non ti scordar di me!***: do italiano, "Não te esqueças de mim!". Trata-se de um verso extraído da ópera *Il trovatore* (*O trovador*), composta em 1853 por Giuseppe Verdi (1813-1901). (N.E.)

va a minha desconhecida; indaguei de todos os passageiros se a conheciam e não obtive a menor informação.

Estava a braços com uma paixão, minha prima, e com uma paixão de primeira força e de alta pressão, capaz de fazer vinte milhas por hora[6].

Quando saía, não via ao longe um vestido de seda preta e um chapéu de palha que não lhe desse caça, até fazê-lo chegar à abordagem.

No fim descobria alguma velha ou alguma costureira desjeitosa e continuava tristemente o meu caminho, atrás dessa sombra impalpável, que eu procurava havia quinze longos dias, isto é, um século para o pensamento de um amante.

Um dia estava em um baile, triste e pensativo, como um homem que ama uma mulher e que não conhece a mulher que ama.

Recostei-me a uma porta e daí via passar diante de mim uma miríade brilhante e esplêndida, pedindo a todos aqueles rostos indiferentes um olhar, um sorriso, que me desse a conhecer aquela que eu procurava.

Assim preocupado, quase não dava fé do que se passava junto de mim, quando senti um leque tocar meu braço, e uma voz que vivia no meu coração, uma voz que cantava dentro de minha alma, murmurou:

— *Non ti scordar di me!*...

Voltei-me.

Corri um olhar pelas pessoas que estavam junto de mim, e apenas vi uma velha que passeava pelo braço de seu cavalheiro, abanando-se com um leque.

— Será ela, meu Deus? pensei horrorizado.

E, por mais que fizesse, os meus olhos não se podiam destacar daquele rosto cheio de rugas.

A velha tinha uma expressão de bondade e de sentimento que devia atrair a simpatia; mas naquele momento essa beleza moral, que iluminava aquela fisionomia inteligente, pareceu-me horrível e até repugnante.

Amar quinze dias uma sombra, sonhá-la bela como um anjo, e por fim encontrar uma velha de cabelos brancos, uma velha *coquette*[7] e namoradeira!

Não, era impossível! Naturalmente a minha desconhecida tinha fugido antes que eu tivesse tempo de vê-la.

Essa esperança consolou-me; mas durou apenas um segundo.

A velha falou e na sua voz eu reconheci, apesar de tudo, apesar de mim mesmo, o timbre doce e aveludado que ouvira duas vezes.

---

6 **vinte milhas por hora**: cerca de 32 quilômetros por hora. (N.E.)

7 *coquette*: do francês, mulher que gosta de ser admirada e cuida bastante da própria aparência. (N.E.)

Em face da evidência não havia mais que duvidar. Eu tinha amado uma velha, tinha beijado a sua mão enrugada com delírio, tinha vivido quinze dias de sua lembrança.

Era para fazer-me enlouquecer ou rir; não me ri nem enlouqueci, mas fiquei com um tal tédio e um aborrecimento de mim mesmo que não posso exprimir.

Que peripécias, que lances, porém, não me reservava ainda esse drama, tão simples e obscuro!

Não distingui as primeiras palavras da velha logo que ouvi a sua voz; foi só passado o primeiro espanto que percebi o que dizia.

— Ela não gosta de bailes.

— Pois admira, replicou o cavalheiro; na sua idade!

— Que quer! não acha prazer nestas festas ruidosas e nisto mostra bem que é minha filha.

A velha tinha uma filha e isto podia explicar a semelhança extraordinária da voz. Agarrei-me a esta sombra, como um homem que caminha no escuro.

Resolvi-me a seguir a velha toda a noite, até que ela se encontrasse com sua filha: desde este momento era o meu fanal, a minha estrela polar.

A senhora e o seu cavalheiro entraram na saleta da escada. Separado dela um instante pela multidão, ia segui-la.

Nisto ouço uma voz alegre dizer da saleta:

—Vamos, mamã!

Corri, e apenas tive tempo de perceber os folhos de um vestido preto, envolto num largo burnous[8] de seda branca, que desapareceu ligeiramente na escada.

Atravessei a saleta tão depressa como me permitiu a multidão, e, pisando calos, dando encontrões à direita e à esquerda, cheguei enfim à porta da saída.

O meu vestido preto sumiu-se pela portinhola de um cupê[9], que partiu a trote largo.

Voltei ao baile desanimado; a minha única esperança era a velha; por ela podia tomar informações, saber quem era a minha desconhecida, indagar o seu nome e a sua morada, acabar enfim com este enigma, que me matava de emoções violentas e contrárias.

Indaguei dela.

---

8 **burnous**: termo francês que designa um tipo de agasalho amplo, de origem árabe. (N.E.)

9 **cupê**: antiga carruagem de tração animal, com dois lugares e um cocheiro na frente. (N.E.)

Mas como era possível designar uma velha da qual eu só sabia pouco mais ou menos a idade?

Todos os meus amigos tinham visto velhas, porém não tinham olhado para elas.

Retirei-me triste e abatido, como um homem que se vê em luta contra o impossível.

De duas vezes que a minha visão me tinha aparecido, só me restavam uma lembrança, um perfume e uma palavra!

Nem sequer um nome!

A todo momento parecia-me ouvir na brisa da noite essa frase do *Trovador*, tão cheia de melancolia e de sentimento, que resumia para mim toda uma história.

Desde então não se representava uma só vez esta ópera que eu não fosse ao teatro, ao menos para ter o prazer de ouvi-la repetir.

A princípio, por uma intuição natural, julguei que *ela* devia, como eu, admirar essa sublime harmonia de Verdi, que devia também ir sempre ao teatro.

O meu binóculo examinava todos os camarotes com uma atenção meticulosa; via moças bonitas ou feias, mas nenhuma delas me fazia palpitar o coração.

Entrando uma vez no teatro e passando a minha revista costumada, descobri finalmente na terceira ordem sua mãe, a minha estrela, o fio de Ariadne[10] que me podia guiar neste labirinto de dúvidas.

A velha estava só, na frente do camarote, e de vez em quando voltava-se para trocar uma palavra com alguém sentado no fundo.

Senti uma alegria inefável.

O camarote próximo estava vazio; perdi quase todo o espetáculo a procurar o cambista incumbido de vendê-lo. Por fim achei-o e subi de um pulo as três escadas.

O coração queria saltar-me quando abri a porta do camarote e entrei.

Não me tinha enganado; junto da velha vi um chapeuzinho de palha com um véu preto rocegado, que não me deixava ver o rosto da pessoa a quem pertencia.

Mas eu tinha adivinhado que era *ela*; e sentia um prazer indefinível em olhar aquelas rendas e fitas, que me impediam de conhecê-la, mas que ao menos lhe pertenciam.

---

10 **fio de Ariadne**: essa metáfora origina-se na mitologia grega. Ariadne fornece a Teseu um fio de joias com o qual o herói escapa do labirinto do Minotauro. (N.E.)

Uma das fitas do chapéu tinha caído do lado do meu camarote, e, em risco de ser visto, não pude suster-me e beijei-a a furto.

Representava-se a *Traviata*[11], e era o último ato; o espetáculo ia acabar, e eu ficaria no mesmo estado de incerteza.

Arrastei as cadeiras do camarote, tossi, deixei cair o binóculo, fiz um barulho insuportável, para ver se *ela* voltava o rosto.

A plateia pediu silêncio; todos os olhos procuraram conhecer a causa do rumor; porém *ela* não se moveu; com a cabeça meio inclinada sobre a coluna em uma lânguida inflexão, parecia toda entregue ao encanto da música.

Tomei um partido.

Encostei-me à mesma coluna e, em voz baixa, balbuciei estas palavras:

— Não me esqueço!

Estremeceu e, baixando rapidamente o véu, conchegou ainda mais o largo *burnous* de cetim branco.

Cuidei que ia voltar-se, mas enganei-me; esperei muito tempo, e debalde.

Tive então um movimento de despeito e quase de raiva; depois de um mês que eu amava sem esperança, que eu guardava a maior fidelidade à sua sombra, *ela* me recebia friamente.

Revoltei-me.

— Compreendo agora, disse eu em voz baixa e como falando a um amigo que estivesse a meu lado, compreendo por que ela me foge, por que conserva esse mistério; tudo isto não passa de uma zombaria cruel, de uma comédia, em que eu faço o papel de amante ridículo. Realmente é uma lembrança engenhosa! Lançar em um coração o germe de um amor profundo; alimentá-lo de tempos a tempos com uma palavra, excitar a imaginação pelo mistério; e depois, quando esse namorado de uma sombra, de um sonho, de uma ilusão, passear pelo salão a sua figura triste e abatida, mostrá-lo a suas amigas como uma vítima imolada aos seus caprichos e escarnecer do louco! É espirituoso! O orgulho da mais vaidosa mulher deve ficar satisfeito!

Enquanto eu proferia estas palavras, repassadas de todo o fel que tinha no coração, a Charton[12] modulava com a sua voz sentimental essa linda ária final da *Traviata*, interrompida por ligeiros acessos de uma tosse seca.

Ela tinha curvado a cabeça e não sei se ouvia o que eu lhe dizia ou o que a Charton cantava; de vez em quando as suas espáduas se agitavam com

---

11 **Traviata**: *La traviata* (*A transviada*), ópera composta em 1853 pelo italiano Giuseppe Verdi (1813-1901). É uma adaptação do romance *A dama das camélias*, de Alexandre Dumas Filho (1824-1895). (N.E.)

12 **Charton**: Anne Charton-Demeure (1824-1892), cantora lírica que, em *La traviata*, representava a personagem feminina central, a prostituta Marguerite Gautier, acometida de tuberculose. (N.E.)

um tremor convulsivo, que eu tomei injustamente por um movimento de impaciência.

O espetáculo terminou, as pessoas do camarote saíram e *ela*, levantando sobre o chapéu o capuz de seu manto, acompanhou-as lentamente.

Depois, fingindo que se tinha esquecido de alguma coisa, tornou a entrar no camarote e estendeu-me a mão.

— Não saberá nunca o que me fez sofrer, disse-me com a voz trêmula.

Não pude ver-lhe o rosto; fugiu, deixando-me o seu lenço impregnado desse mesmo perfume de sândalo e todo molhado de lágrimas ainda quentes.

Quis segui-la; mas ela fez um gesto tão suplicante que não tive ânimo de desobedecer-lhe.

Estava como dantes; não a conhecia, não sabia nada a seu respeito; porém ao menos possuía alguma coisa dela; o seu lenço era para mim uma relíquia sagrada.

Mas as lágrimas? Aquele sofrimento de que ela falava? O que queria dizer tudo isto?

Não compreendia; se eu tinha sido injusto, era uma razão para não continuar a esconder-se de mim. Que queria dizer este mistério, que parecia obrigada a conservar?

Todas estas perguntas e as conjeturas a que elas davam lugar não me deixaram dormir.

Passei uma noite de vigília a fazer suposições, cada qual mais desarrazoada.

III

Recolhendo-me no dia seguinte, achei em casa uma carta.

Antes de abri-la conheci que era dela, porque lhe tinha imprimido esse suave perfume que a cercava como uma auréola.

Eis o que dizia:

"Julga mal de mim, meu amigo; nenhuma mulher pode escarnecer de um nobre coração como o seu.

"Se me oculto, se fujo, é porque há uma fatalidade que a isto me obriga. E só Deus sabe quanto me custa este sacrifício, porque o amo!

"Mas não devo ser egoísta e trocar sua felicidade por um amor desgraçado.

"Esqueça-me.

"C."

Reli não sei quantas vezes esta carta, e, apesar da delicadeza de sentimento que parecia ter ditado suas palavras, o que para mim se tornava bem claro é que ela continuava a fugir-me.

Essa assinatura era a mesma letra que marcava o seu lenço e à qual eu, desde a véspera, pedia debalde um nome!

Fosse qual fosse esse motivo que ela chamava uma fatalidade e que eu supunha ser apenas escrúpulo, senão uma zombaria, o melhor era aceitar o seu conselho e fazer por esquecê-la.

Refleti então friamente sobre a extravagância da minha paixão e assentei que com efeito precisava tomar uma resolução decidida.

Não era possível que continuasse a correr atrás de um fantasma que se esvaecia quando ia tocá-lo.

Aos grandes males os grandes remédios, como diz Hipócrates[13]. Resolvi fazer uma viagem.

Mandei selar o meu cavalo, meti alguma roupa em um saco de viagem, embrulhei-me no meu capote e saí, sem me importar com a manhã de chuva que fazia.

Não sabia para onde iria. O meu cavalo levou-me para o Engenho Velho e eu daí me encaminhei para a Tijuca, onde cheguei ao meio-dia, todo molhado e fatigado pelos maus caminhos.

Se algum dia se apaixonar, minha prima, aconselho-lhe as viagens como um remédio soberano e talvez o único eficaz.

Deram-me um excelente almoço no hotel; fumei um charuto e dormi doze horas, sem ter um sonho, sem mudar de lugar.

Quando acordei, o dia despontava sobre as montanhas da Tijuca.

Uma bela manhã, fresca e rociada das gotas de orvalho, desdobrava o seu manto de azul por entre a cerração, que se desvanecia aos raios do sol.

O aspecto desta natureza quase virgem, esse céu brilhante, essa luz esplêndida, caindo em cascatas de ouro sobre as encostas dos rochedos, serenou-me completamente o espírito.

Fiquei alegre, o que havia muito tempo não me sucedia.

O meu hóspede, um inglês franco e cavalheiro, convidou-me para acompanhá-lo à caça; gastamos todo o dia a correr atrás de duas ou três marrecas e a bater as margens da Restinga.

Assim passei nove dias na Tijuca, vivendo uma vida estúpida quanto pode ser: dormindo, caçando e jogando bilhar.

---

13 **Hipócrates:** estudioso e prático (460 a.C.-377 a.C.) da Grécia antiga, considerado o pai da medicina ocidental. (N.E.)

Na tarde do décimo dia, quando já me supunha perfeitamente curado e estava contemplando o sol, que se escondia por detrás dos montes, e a lua, que derramava no espaço a sua luz doce e acetinada, fiquei triste de repente.

Não sei que caminho tomaram as minhas ideias; o caso é que daí a pouco descia a serra no meu cavalo, lamentando esses nove dias, que talvez me tivessem feito perder para sempre a minha desconhecida.

Acusava-me de infidelidade, de traição; a minha fatuidade dizia-me que eu devia ao menos ter-lhe dado o prazer de ver-me.

Que importava que ela me ordenasse que a esquecesse? Não me tinha confessado que me amava, e não devia eu resistir e vencer essa fatalidade, contra a qual ela, fraca mulher, não podia lutar?

Tinha vergonha de mim mesmo; achava-me egoísta, cobarde, irrefletido, e revoltava-me contra tudo, contra o meu cavalo que me levara à Tijuca, e o meu hóspede, cuja amabilidade ali me havia demorado.

Com esta disposição de espírito cheguei à cidade, mudei de traje e ia sair, quando o meu moleque me deu uma carta.

Era dela.

Causou-me uma surpresa misturada de alegria e de remorso:

"Meu amigo.

"Sinto-me com coragem de sacrificar o meu amor à sua felicidade; mas ao menos deixe-me o consolo de amá-lo.

"Há dois dias que espero debalde vê-lo passar e acompanhá-lo de longe com um olhar! Não me queixo; não sabe nem deve saber em que ponto de seu caminho o som de seus passos faz palpitar um coração amigo.

"Parto hoje para Petrópolis, donde voltarei breve; não lhe peço que me acompanhe, porque devo ser-lhe sempre uma desconhecida, uma sombra escura que passou um dia pelos sonhos dourados de sua vida.

"Entretanto eu desejava vê-lo ainda uma vez, apertar a sua mão e dizer-lhe adeus para sempre.

"C."

A carta tinha a data de 3; nós estávamos a 10; havia oito dias que ela partiu para Petrópolis e que me esperava.

No dia seguinte embarquei na Prainha e fiz essa viagem da baía, tão pitoresca, tão agradável e ainda tão pouco apreciada.

Mas então a majestade dessas montanhas de granito, a poesia desse vasto seio de mar, sempre alisado como um espelho, os grupos de ilhotas graciosas que bordam a baía, nada disto me preocupava.

Só tinha uma ideia... chegar; e o vapor caminhava menos rápido do que meu pensamento.

Durante a viagem pensava nessa circunstância que a sua carta me revelara, e fazia-me por lembrar de todas as ruas por onde costumava passar, para ver se adivinhava aquela onde ela morava e donde todos os dias me via sem que eu suspeitasse.

Para um homem como eu, que andava todo o dia desde a manhã até a noite, a ponto de merecer que a senhora, minha prima, me apelidasse de Judeu Errante, este trabalho era improfícuo.

Quando cheguei a Petrópolis, eram cinco horas da tarde; estava quase noite.

Entrei nesse hotel suíço, ao qual nunca mais voltei, e enquanto me serviam um magro jantar, que era o meu almoço, tomei informações.

—Têm subido estes dias muitas famílias? perguntei eu ao criado.

— Não, senhor.

— Mas, há coisa de oito dias não vieram da cidade duas senhoras?

— Não estou certo.

— Pois indague, que preciso saber e já; isto o ajudará a obter informações.

A fisionomia sisuda do criado expandiu-se ao tinir da moeda e a língua adquiriu a sua elasticidade natural.

—Talvez o senhor queira falar de uma senhora já idosa que veio acompanhada de sua filha?

— É isso mesmo.

— A moça parece-me doente; nunca a vejo sair.

— Onde está morando?

—Aqui perto, na rua de…

— Não conheço as ruas de Petrópolis; o melhor é acompanhar-me e vir mostrar-me a casa.

— Sim, senhor.

O criado seguiu-me e tomamos por uma das ruas agrestes da cidade alemã.

IV

A noite estava escura.

Era uma dessas noites de Petrópolis, envoltas em nevoeiro e cerração.

Caminhávamos mais pelo tato do que pela vista, dificilmente distinguíamos os objetos a uma pequena distância; e muitas vezes, quando o meu guia se apressava, o seu vulto perdia-se nas trevas.

Em alguns minutos chegamos em face de um pequeno edifício construído a alguns passos do alinhamento, e cujas janelas estavam esclarecidas por uma luz interior.

— É ali.

— Obrigado.

O criado voltou e eu fiquei junto dessa casa, sem saber o que ia fazer.

A ideia de que estava perto dela, que via a luz que a esclarecia, que tocava a relva que ela pisara, fazia-me feliz.

É coisa singular, minha prima! O amor que é insaciável e exigente e não se satisfaz com tudo quanto uma mulher pode dar, que deseja o impossível, às vezes contenta-se com um simples gozo d'alma, com uma dessas emoções delicadas, com um desses *nadas*, dos quais o coração faz um mundo novo e desconhecido.

Não pense, porém, que eu fui a Petrópolis só para contemplar com enlevo as janelas de um chalé; não; ao passo que sentia esse prazer, refletia no meio de vê-la e falar-lhe.

Mas como?…

Se soubesse todos os expedientes, cada qual mais extravagante, que inventou a minha imaginação! Se visse a elaboração tenaz a que se entregava o meu espírito para descobrir um meio de dizer-lhe que eu estava ali e a esperava!

Por fim achei um; se não era o melhor, era o mais pronto.

Desde que chegara, tinha ouvido uns prelúdios de piano, mas tão débeis que pareciam antes tirados por uma mão distraída que roçava o teclado, do que por uma pessoa que tocasse.

Isto me fez lembrar que ao meu amor se prendia a recordação de uma bela música de Verdi; e foi quanto bastou.

Cantei, minha prima, ou antes assassinei aquela linda *romanza*[14]; os que me ouvissem tomar-me-iam por algum furioso; mas ela me compreenderia.

E de fato, quando eu acabei de estropiar esse trecho magnífico de harmonia e sentimento, o piano, que havia emudecido, soltou um trilo brilhante e sonoro, que acordou os ecos adormecidos no silêncio da noite.

Depois daquela cascata de sons majestosos, que se precipitavam em ondas de harmonia do seio daquele turbilhão de notas que se cruzavam, deslizou plangente, suave e melancólica uma voz que sentia e palpitava, exprimindo todo o amor que respira a melodia sublime de Verdi.

---

14 **romanza**: do italiano, designa composição curta para canto e piano, de cunho sentimental, típica do século XIX. (N.E.)

Era ela que cantava!

Oh! não posso pintar-lhe, minha prima, a expressão profundamente triste, a angústia de que ela repassou aquela frase de despedida:

Non ti scordar di me.
Addio!...

Partia-me a alma.

Apenas acabou de cantar, vi desenhar-se uma sombra em uma das janelas; saltei a grade do jardim; mas as venezianas descidas não me permitiam ver o que se passava na sala.

Sentei-me sobre uma pedra e esperei.

Não se ria, D...; estava resolvido a passar ali a noite ao relento, olhando para aquela casa e alimentando a esperança de que ela viria ao menos com uma palavra compensar o meu sacrifício.

Não me enganei.

Havia meia hora que a luz da sala tinha desaparecido e que toda a casa parecia dormir, quando se abriu uma das portas do jardim e eu vi ou antes pressenti a sua sombra na sala.

Recebeu-me com surpresa, sem temor, naturalmente, e como se eu fosse seu irmão ou seu marido. É porque o amor puro tem bastante delicadeza e bastante confiança para dispensar o falso pejo, o pudor de convenção de que às vezes costumam cercá-lo.

— Eu sabia que sempre havias de vir, disse-me ela.

— Oh! não me culpes! se soubesses!

— Eu culpar-te? Quando mesmo não viesses, não tinha o direito de queixar-me.

— Porque não me amas!

— Pensas isto? disse-me com uma voz cheia de lágrimas.

— Não! não!... Perdoa!

— Perdoo-te, meu amigo, como já te perdoei uma vez; julgas que te fujo, que me oculto de ti, porque não te amo e, entretanto, não sabes que a maior felicidade para mim seria poder dar-te a minha vida.

— Mas então por que esse mistério?

— Esse mistério, bem sabes, não é uma coisa criada por mim e sim pelo acaso; se o conservo, é porque, meu amigo..., tu não me deves amar.

— Não te devo amar! Mas eu amo-te!...

Ela recostou a cabeça ao meu ombro e eu senti uma lágrima cair sobre meu seio.

Estava tão perturbado, tão comovido dessa situação incompreensível, que me senti vacilar e deixei-me cair sobre o sofá.

Ela sentou-se junto de mim; e, tomando-me as duas mãos, disse-me um pouco mais calma:

— Tu dizes que me amas!

— Juro-te!

— Não te iludes talvez?

— Se a vida não é uma ilusão, respondi, penso que não, porque a minha vida agora és tu, ou antes, a tua sombra.

— Muitas vezes toma-se um capricho por amor; tu não conheces de mim, como dizes, senão a minha sombra!...

— Que me importa?...

— E se eu fosse feia? disse ela, rindo.

— Tu és bela como um anjo! Tenho toda a certeza.

— Quem sabe?

— Pois bem; convence-me, disse eu, passando-lhe o braço pela cintura e procurando levá-la para uma sala vizinha, donde filtravam os raios de uma luz.

Ela desprendeu-se do meu braço.

A sua voz tornou-se grave e triste.

— Escuta, meu amigo; falemos seriamente. Tu dizes que me amas; eu o creio, eu o sabia antes mesmo que me dissesses. As almas como as nossas quando se encontram, se reconhecem e se compreendem. Mas ainda é tempo; não julgas que mais vale conservar uma doce recordação do que entregar-se a um amor sem esperança e sem futuro?...

— Não, mil vezes não! Não entendo o que queres dizer; o meu amor, o meu, não precisa de futuro e de esperança, porque o tem em si, porque viverá sempre!...

— Eis o que eu temia; e, entretanto, eu sabia que assim havia de acontecer; quando se tem a tua alma, ama-se uma só vez.

— Então por que exiges de mim um sacrifício que sabes ser impossível?

— Porque, disse ela com exaltação, porque, se há uma felicidade indefinível em duas almas que ligam sua vida, que se confundem na mesma existência, que só têm um passado e um futuro para ambas, que desde a flor da idade até à velhice caminham juntas para o mesmo horizonte, partilhando os seus prazeres e as suas mágoas, revendo-se uma na outra até o momento em que batem as asas e vão abrigar-se no seio de Deus, deve ser cruel, bem cruel, meu amigo, quando, tendo-se apenas encontrado, uma dessas duas almas irmãs fugir deste mundo, e a outra, viúva e triste, for condenada a levar sempre no seu seio uma ideia de morte, a trazer essa recordação, que, como um crepe de luto, envolverá a sua bela mocidade, a fazer do seu coração, cheio de vida e de amor, um túmulo para guardar as cinzas do passado! Oh! deve ser horrível!...

A exaltação com que falava tinha-se tornado uma espécie de delírio; sua voz, sempre tão doce e aveludada, parecia alquebrada pelo cansaço da respiração.

Ela caiu sobre o meu seio, agitando-se convulsivamente em um acesso de tosse.

V

Assim ficamos muito tempo imóveis, ela, com a fronte apoiada sobre o meu peito, eu, sob a impressão triste de suas palavras.

Por fim ergueu a cabeça; e, recobrando a sua serenidade, disse-me com um tom doce e melancólico:

— Não pensas que melhor é esquecer do que amar assim?

— Não! Amar, sentir-se amado, é sempre um gozo imenso e um grande consolo para a desgraça. O que é triste, o que é cruel, não é essa viuvez da alma separada de sua irmã, não; aí há um sentimento que vive, apesar da morte, apesar do tempo. É, sim, esse vácuo do coração que não tem uma afeição no mundo e que passa como um estranho por entre os prazeres que o cercam.

— Que santo amor, meu Deus! Era assim que eu sonhava ser amada!...

— E me pedias que te esquecesse!...

— Não! não! Ama-me; quero que me ames ao menos...

— Não me fugirás mais?

— Não.

— E me deixarás ver aquela que eu amo e que não conheço? perguntei, sorrindo.

— Desejas?

— Suplico-te!

— Não sou eu tua?...

Lancei-me para a saleta onde havia luz e coloquei o lampião sobre a mesa do gabinete em que estávamos.

Para mim, minha prima, era um momento solene; toda essa paixão violenta, incompreensível, todo esse amor ardente por um vulto de mulher, ia depender talvez de um olhar.

E tinha medo de ver esvaecer-se, como um fantasma em face da realidade, essa visão poética de minha imaginação, essa criação que resumia todos os tipos.

Foi, portanto, com uma emoção extraordinária que, depois de colocar a luz, voltei-me.

Ah!…

Eu sabia que era bela; mas a minha imaginação apenas tinha esboçado o que Deus criara.

Ela olhava-me e sorria.

Era um ligeiro sorriso, uma flor que se desfolhava nos seus lábios, um reflexo que iluminava o seu lindo rosto.

Seus grandes olhos negros fitavam em mim um desses olhares lânguidos e aveludados que afagam os seios d'alma.

Um anel de cabelos negros brincava-lhe sobre o ombro fazendo sobressair a alvura diáfana de seu colo gracioso.

Tudo quanto a arte tem sonhado de belo e de voluptuoso desenhava-se naquelas formas soberbas, naqueles contornos harmoniosos que se destacavam entre as ondas de cambraia de seu roupão branco.

Vi tudo isto de um só olhar, rápido, ardente e fascinado! depois fui ajoelhar-me diante dela e esqueci-me a contemplá-la.

Ela me sorria sempre e se deixava admirar.

Por fim tomou-me a cabeça entre as mãos e seus lábios fecharam-me os olhos com um beijo.

—Ama-me, disse.

O sonho esvaeceu-se.

A porta da sala fechou-se sobre ela; tinha-me fugido.

Voltei ao hotel.

Abri a minha janela e sentei-me ao relento.

A brisa da noite trazia-me de vez em quando um aroma de plantas agrestes que me causava íntimo prazer.

Fazia lembrar-me da vida campestre, dessa existência doce e tranquila que se passa longe das cidades, quase no seio da natureza.

Pensava como seria feliz, vivendo com ela em algum canto isolado, onde pudéssemos abrigar o nosso amor em um leito de flores e de relva.

Fazia na imaginação um idílio encantador e sentia-me tão feliz que não trocaria a minha cabana pelo mais rico palácio da terra.

Ela me amava.

Só essa ideia embelezava tudo para mim; a noite escura de Petrópolis parecia-me poética e o murmurejar triste das águas do canal tornava-se-me agradável.

Uma coisa, porém, perturbava essa felicidade; era um ponto negro, uma nuvem escura que toldava o céu da minha noite de amor.

Lembrava-me daquelas palavras tão cheias de angústia e tão sentidas, que pareciam explicar a causa de sua reserva para comigo: havia nisto um quer que seja[15] que eu não compreendia.

Mas esta lembrança desaparecia logo sob a impressão de seu sorriso, que eu tinha em minh'alma de seu olhar, que eu guardava no coração, e de seus lábios, cujo contato ainda sentia.

Dormi embalado por estes sonhos e só acordei quando um raio de sol, alegre e travesso, veio bater-me nas pálpebras e dar-me o *bom-dia*.

O meu primeiro pensamento foi ir saudar a minha casinha; estava fechada.

Eram oito horas.

Resolvi dar um passeio para disfarçar a minha impaciência; voltando ao hotel, o criado disse-me terem trazido um objeto que recomendaram me fosse entregue logo.

Em Petrópolis não conhecia ninguém; devia ser dela.

Corri ao meu quarto e achei sobre a mesa uma caixinha de pau-cetim; na tampa havia duas letras de tartaruga incrustadas: C. L.

A chave estava fechada em uma sobrecarta com endereço a mim; dispus-me a abrir a caixa com a mão trêmula e tomado por um triste pressentimento.

Parecia-me que naquele cofre perfumado estava encerrada a minha vida, o meu amor, toda a minha felicidade.

Abri.

Continha o seu retrato, alguns fios de cabelos e duas folhas de papel escritas por ela e que li de surpresa em surpresa.

VI

Eis o que ela me dizia:

"Devo-te uma explicação, meu amigo.

"Essa explicação é a história da minha vida, breve história, da qual escreveste a mais bela página.

"Cinco meses antes do nosso primeiro encontro completava eu os meus dezesseis anos, a vida começava a sorrir-me.

---

15 **um quer que seja:** expressão que corresponde a "algo". (N.E.)

"A educação rigorosa que me dera minha mãe, me conservara menina até àquela idade, e foi só quando ela julgou dever correr o véu que ocultava o mundo aos meus olhos, que eu perdi as minhas ideias de infância e as minhas inocentes ilusões.

"A primeira vez que fui a um baile, fiquei deslumbrada no meio daquele turbilhão de cavalheiros e damas, que girava em torno de mim sob uma atmosfera de luz, de música, de perfumes.

"Tudo me causava admiração; esse abandono com que as mulheres se entregavam ao seu par de valsa, esse sorriso constante e sem expressão que uma moça parece tomar na porta da entrada para só deixá-lo à saída, esses galanteios sempre os mesmos e sempre sobre um tema banal, ao passo que me excitavam a curiosidade, faziam desvanecer o entusiasmo com que tinha acolhido a notícia que minha mãe me dera da minha entrada nos salões.

"Estavas nesse baile; foi a primeira vez que te vi.

"Reparei que nessa multidão alegre e ruidosa tu só não dançavas nem galanteavas, e passeavas pelo salão como um espectador mudo e indiferente, ou talvez como um homem que procurava uma mulher e só via *toilettes*.

"Compreendi-te e, durante muito tempo, segui-te com os olhos; ainda hoje me lembro dos teus menores gestos, da expressão do teu rosto e do sorriso de fina ironia que às vezes fugia-te pelos lábios.

"Foi a única recordação que trouxe dessa noite, e quando adormeci, os meus doces sonhos de infância, que, apesar do baile, vieram de novo pousar nas alvas cortinas de meu leito, apenas foram interrompidos um instante pela tua imagem, que me sorria.

"No dia seguinte reatei o fio de minha existência, feliz, tranquila e descuidosa, como costuma ser a existência de uma moça aos dezesseis anos.

"Algum tempo depois fui a outros bailes e ao teatro, porque minha mãe, que guardara a minha infância, como um avaro esconde o seu tesouro, queria fazer brilhar a minha mocidade.

"Quando cedia ao seu pedido e me ia aprontar, enquanto preparava o meu simples traje, murmurava: — Talvez ele esteja.

"E esta lembrança, não só me tornava alegre, mas fazia com que procurasse parecer bela, para te merecer um primeiro olhar.

"Ultimamente era eu quem, cedendo a um sentimento que não sabia explicar, pedia a minha mãe para irmos a um divertimento, só na esperança de encontrar-te.

"Nem suspeitavas então que, entre todos aqueles vultos indiferentes, havia um olhar que te seguia sempre e um coração que adivinhava os teus pensamentos, que se expandia quando te via sorrir e contraía-se quando uma sombra de melancolia anuviava o teu semblante.

"Se pronunciavam o teu nome diante de mim, corava e na minha perturbação julgava que tinham lido esse nome nos meus olhos ou dentro de minh'alma, onde eu bem sabia que ele estava escrito.

"E, entretanto, nem sequer ainda me tinhas visto; se teus olhos haviam passado alguma vez por mim, tinha sido em um desses momentos em que a luz se volta para o íntimo, e se olha, mas não se vê.

"Consolava-me, porém, que algum dia o acaso nos reuniria, e então não sei o que me dizia que era impossível não me amares.

"O acaso deu-se, mas quando a minha existência já se tinha completamente transformado.

"Ao sair de um desses bailes, apanhei uma pequena constipação, de que não fiz caso. Minha mãe teimava que eu estava doente, e eu achava-me apenas um pouco pálida e sentia às vezes um ligeiro calafrio, que eu curava, sentando-me ao piano e tocando alguma música de bravura.

"Um dia, porém, achei-me mais abatida; tinha as mãos e os lábios ardentes, a respiração era difícil, e ao menor esforço umedecia-se-me a pele com uma transpiração que me parecia gelada.

"Atirei-me sobre um sofá e, com a cabeça recostada ao colo de minha mãe, caí em um letargo que não sei quanto tempo durou. Lembro-me somente que, no momento mesmo em que ia despertando dessa sonolência que se apoderara de mim, vi minha mãe, sentada à cabeceira de meu leito, chorando, e um homem dizia-lhe algumas palavras de consolo, que eu ouvi como em sonho:

"— Não desespere, minha senhora; a ciência não é infalível, nem os meus diagnósticos são sentenças irrevogáveis. Pode ser que a natureza e as viagens a salvem. Mas é preciso não perder tempo.

"O homem partiu.

"Não tinha compreendido as suas palavras, às quais não ligava o menor sentido.

"Passando um instante, ergui tranquilamente os olhos para minha mãe, que escondeu o lenço e tragou em silêncio o seu pranto e os seus soluços.

"— Tu choras, mamãe?

"— Não, minha filha... não... não é nada.

"— Mas tu estás com os olhos cheios de lágrimas!... disse eu assustada.

"— Ah! sim!... uma notícia triste que me contaram há pouco... sobre uma pessoa... que tu não conheces.

"— Quem é este senhor que estava aqui?

"— É o Dr. Valadão, que te veio visitar.

"— Então eu estou muito doente, boa mamãe?

"— Não, minha filha, ele assegurou que não tens nada; é apenas um incômodo nervoso.

"E minha querida mãe, não podendo mais conter as lágrimas que saltavam dos olhos, fugiu, pretextando uma ordem a dar.

"Então, à medida que a minha inteligência ia saindo do letargo, comecei a refletir sobre o que se tinha passado.

"Aquele desmaio tão longo, aquelas palavras que eu ouvira ainda entre as névoas de um sono agitado, as lágrimas de minha mãe e a sua repentina aflição, o tom condoído com que o médico lhe falara...

"Um raio de luz esclareceu de repente o meu espírito.

"Estava desenganada.

"O poder da ciência, o olhar profundo, seguro, infalível, desse homem que lê no corpo humano como em um livro aberto, tinha visto no meu seio um átomo imperceptível.

"E esse átomo era o verme que devia destruir as fontes da vida, apesar dos meus dezesseis anos, apesar de minha organização, apesar de minha beleza e dos meus sonhos de felicidade!"

Aqui terminava a primeira folha, que eu acabei de ler entre as lágrimas que me inundavam as faces e caíam sobre o papel.

Era este o segredo de sua estranha reserva; era a razão por que me fugia, por que se ocultava, por que ainda na véspera dizia que se tinha imposto o sacrifício de nunca ser amada por mim.

Que sublime abnegação, minha prima! E, como eu me sentia pequeno e mesquinho à vista desse amor tão nobre!

VII

Continuei a ler:

"Sim, meu amigo!...

"Estava condenada a morrer; estava atacada dessa moléstia fatal e traiçoeira, cujo dedo descarnado nos toca no meio dos prazeres e dos risos, nos arrasta ao leito, e do leito ao túmulo, depois de ter escarnecido da natureza, transfigurando as suas belas criações em múmias animadas.

"É impossível descrever-te o que se passou então em mim; foi um desespero mudo e concentrado, mas que me prostrou em uma atonia profunda; foi uma angústia pungente e cruel.

"As rosas da minha vida apenas se entreabriam e já eram bafejadas por um hálito infetado; já tinham no seio o germe de morte que devia fazê-las murchar!

"Meus sonhos de futuro, minhas tão risonhas esperanças, meu puro amor, que nem sequer ainda tinha colhido o primeiro sorriso, este horizonte, que há pouco me parecia tão brilhante, tudo isto era uma visão que ia sumir-se, uma luz que lampejava prestes a extinguir-se.

"Foi preciso um esforço sobre-humano para esconder de minha mãe a certeza que eu tinha sobre o meu estado e para gracejar dos seus temores, que eu chamava imaginários.

"Boa mãe! Desde então só viveu para consagrar-se exclusivamente à sua filha, para envolvê-la com esse desvelo e essa proteção que Deus deu ao coração materno, para abrigar-me com suas preces, sua solicitude e seus carinhos, para lutar à força de amor e de dedicação contra o destino.

"Logo no dia seguinte fomos para Andaraí, onde ela alugara uma chácara, e aí, graças a seus cuidados, adquiri tanta saúde, tanta força, que me julgaria boa se não fosse a sentença fatal que pesava sobre mim.

"Que tesouro de sentimento e de delicadeza que é um coração de mãe, meu amigo! Que tato delicado, que sensibilidade apurada, possui esse amor sublime!

"Nos primeiros dias, quando ainda estava muito abatida e era obrigada a agasalhar-me, se visses como ela pressentia as rajadas de um vento frio antes que ele agitasse os renovos dos cedros do jardim, como adivinhava a menor neblina antes que a primeira gota umedecesse a laje do nosso terraço!

"Fazia tudo por distrair-me; brincava comigo como uma camarada de colégio; achava prazer nas menores coisas para excitar-me a imitá-la; tornava-se menina e obrigava-me a ter caprichos.

"Enfim, meu amigo, se fosse a dizer-te tudo, escreveria um livro e esse livro deves ter lido no coração de tua mãe, porque todas as mães se parecem.

"Ao cabo de um mês tinha recobrado a saúde para todos, exceto para mim, que às vezes sentia um quer que seja como uma contração, que não era dor, mas que me dizia que o mal estava ali, e dormia apenas.

"Foi nesta ocasião que te encontrei no ônibus de Andaraí: quando entravas, a luz do lampião iluminou-te o rosto e eu te reconheci.

"Faze ideia que emoção sentira quando te sentaste junto de mim.

"O mais tu sabes; eu te amava e era tão feliz de ter-te ao meu lado, de apertar a tua mão, que nem me lembrava como te devia parecer ridícula uma mulher que, sem te conhecer, te permitia tanto.

"Quando nos separamos, arrependi-me do que tinha feito.

"Com que direito ia eu perturbar a tua felicidade, condenar-te a um amor infeliz e obrigar-te a associar tua vida a uma existência triste, que talvez não te pudesse dar senão os tormentos de seu longo martírio?!

"Eu te amava; mas, já que Deus não me tinha concedido a graça de ser tua companheira neste mundo, não devia ir roubar ao teu lado e no teu coração o lugar que outra mais feliz, porém menos dedicada, teria de ocupar.

"Continuei a amar-te, mas impus-me a mim mesma o sacrifício de nunca ser amada por ti.

"Vês, meu amigo, que não era egoísta e preferia a tua à minha felicidade. Tu farias o mesmo, estou certa.

"Aproveitei o mistério do nosso primeiro encontro e esperei que alguns dias te fizessem esquecer essa aventura e quebrassem o único e bem frágil laço que te prendia a mim.

"Deus não quis que acontecesse assim; vendo-te só em um baile, tão triste, tão pensativo, procurando um ser invisível, uma sombra e querendo descobrir os seus vestígios em algum dos rostos que passavam diante de ti, senti um prazer imenso.

"Conheci que tu me amavas; e, perdoa, fiquei orgulhosa dessa paixão ardente, que uma só palavra minha havia criado, desse poder do meu amor, que, por uma força de atração inexplicável, tinha-te ligado à minha sombra.

"Não pude resistir.

"Aproximei-me, disse-te uma palavra sem que tivesses tempo de ver-me; foi essa mesma palavra que resume todo o poema do nosso amor e que, depois do primeiro encontro, era, como ainda hoje, a minha prece de todas as noites.

"Sempre que me ajoelho diante do meu crucifixo de marfim, depois de minha oração, ainda com os olhos na cruz e o pensamento em Deus, chamo a tua imagem para pedir-te que *não te esqueças de mim*.

"Quando tu te voltaste ao som da minha voz, eu tinha entrado no *toilette*; e pouco depois saí desse baile, onde apenas acabava de entrar, tremendo da minha imprudência, mas alegre e feliz por te ter visto ainda uma vez.

"Deves agora compreender o que me fizeste sofrer no teatro quando me dirigias aquela acusação tão injusta, no momento mesmo em que a Charton cantava a ária da *Traviata*.

"Não sei como não me traí naquele momento e não te disse tudo; o teu futuro, porém, era sagrado para mim, e eu não devia destruí-lo para satisfação de meu amor-próprio ofendido.

"No dia seguinte escrevi-te; e assim, sem me trair, pude ao menos reabilitar-me na tua estima; doía-me muito que, ainda mesmo não me conhecendo, tivesses sobre mim uma ideia tão injusta e tão falsa.

"Aqui é preciso dizer-te que no dia seguinte ao do nosso primeiro encontro, tínhamos voltado à cidade, e eu te via passar todos os dias diante de minha janela, quando fazias o teu passeio costumado à Glória.

"Por detrás das cortinas, seguia-te com o olhar, até que desaparecias no fim da rua, e este prazer, rápido como era, alimentava o meu amor, habituado a viver de tão pouco.

"Depois da minha carta tu deixaste de passar dois dias, estava eu a partir para aqui, donde devia voltar unicamente para embarcar no paquete inglês.

"Minha mãe, incansável nos seus desvelos, quer levar-me à Europa e fazer-me viajar pela Itália, pela Grécia, por todos os países de um clima doce.

"Ela diz que é para mostrar-me os grandes modelos de arte e cultivar o meu espírito, mas eu sei que essa viagem é a sua única esperança, que não podendo nada contra a minha enfermidade, quer ao menos disputar-lhe a sua vítima durante mais algum tempo.

"Julga que fazendo-me viajar, sempre me dará mais alguns dias de existência, como se estes sobejos de vida valessem alguma coisa para quem já perdeu a sua mocidade e o seu futuro.

"Quando ia embarcar para aqui, lembrei-me de que talvez não te visse mais e, diante dessa derradeira provança, sucumbi. Ao menos o consolo de dizer-te adeus!...

"Era o último!

"Escrevi-te segunda vez; admirava-me da tua demora, mas tinha uma quase certeza de que havias de vir.

"Não me enganei.

"Vieste, e toda a minha resolução, toda a minha coragem cedeu, porque, sombra ou mulher, conheci que me amavas como eu te amo.

"O mal estava feito.

"Agora, meu amigo, peço-te por mim, pelo amor que me tens, que reflitas no que te vou dizer, mas que reflitas com calma e tranquilidade.

"Para isto parti hoje de Petrópolis, sem prevenir-te, e coloquei entre nós o espaço de vinte e quatro horas e uma distância de muitas léguas.

"Desejo que não procedas precipitadamente e que, antes de dizer-me uma palavra, tenhas medido todo o alcance que ela deve ter sobre o teu futuro.

"Sabes o meu destino, sabes que sou uma vítima, cuja hora está marcada, e que todo o meu amor, imenso, profundo, não te pode dar talvez dentro em bem pouco senão o sorriso contraído pela tosse, o olhar desvairado pela febre e carícias roubadas aos sofrimentos.

"É triste; e não deves imolar assim a tua bela mocidade, que ainda te reserva tantas venturas e talvez um amor como o que eu te consagro.

"Deixo-te, pois, meu retrato, meus cabelos e minha história; guarda-os como uma lembrança e pensa algumas vezes em mim: beija esta folha muda, onde os meus lábios deixaram-te o adeus extremo.

"Entretanto, meu amigo, se, como tu dizias ontem, a felicidade é amar e sentir-se amado; se te achas com forças de partilhar essa curta existência, esses poucos dias que me restam a passar sobre a terra, se me queres dar esse consolo supremo, único que ainda embelezaria minha vida, vem!

"Sim, vem! iremos pedir ao belo céu da Itália mais alguns dias de vida para nosso amor; iremos aonde tu quiseres, ou aonde nos levar a Providência.

"Errantes pelas vastas solidões dos mares ou pelos cimos elevados das montanhas, longe do mundo, sob o olhar protetor de Deus, à sombra dos cuidados de nossa mãe, viveremos tanto um como outro, encheremos de tanta afeição os nossos dias, as nossas horas, os nossos instantes, que, por curta que seja a minha existência, teremos vivido por cada minuto séculos de amor e de felicidade.

"Eu espero; mas temo.

"Espero-te como a flor desfalecida espera o raio de sol que deve aquecê-la, a gota de orvalho que pode animá-la, o hálito da brisa que vem bafejá-la. Porque para mim o único céu que hoje me sorri, são teus olhos; o calor que pode me fazer viver, é o do teu seio.

"Entretanto temo, temo por ti, e quase peço a Deus que te inspire e te salve de um sacrifício talvez inútil!

"Adeus para sempre, ou até amanhã!

"CARLOTA"

VIII

Devorei toda esta carta de um lanço de olhos.

Minha vista corria sobre o papel como o meu pensamento, sem parar, sem hesitar, poderia até dizer sem respirar.

Quando acabei de ler, só tinha um desejo: era o de ir ajoelhar-me a seus pés e receber como uma bênção do céu esse amor sublime e santo.

Como sua mãe, lutaria contra o destino, cercá-la-ia de tanto afeto e de tanta adoração, tornaria sua vida tão bela e tão tranquila, prenderia tanto sua alma à terra, que lhe seria impossível deixá-la.

Criaria para ela com o meu coração um mundo novo, sem as misérias e as lágrimas deste mundo em que vivemos; um mundo só de ventura, onde a dor e o sofrimento não pudessem penetrar.

Pensava que devia haver no universo algum lugar desconhecido, algum canto de terra ainda puro do hálito do homem, onde a natureza virgem conservaria o perfume dos primeiros tempos da criação e o contato das mãos de Deus quando a formara.

Aí era impossível que o ar não desse vida; que o raio do sol não viesse impregnado de um átomo de fogo celeste; que a água, as árvores, a terra, cheia de tanta seiva e de tanto vigor, não inoculassem na criatura essa vitalidade poderosa da natureza no seu primitivo esplendor.

Iríamos, pois, a uma dessas solidões desconhecidas; o mundo abria-se diante de nós e eu sentia-me com bastante força e bastante coragem para levar o meu tesouro além dos mares e das montanhas, até achar um retiro onde esconder a nossa felicidade.

Nesses desertos, tão vastos, tão extensos, não haveria sequer vida bastante para duas criaturas que apenas pediam um palmo de terra e um sopro de ar, a fim de poderem elevar a Deus, como uma prece constante, o seu amor tão puro?

Ela dava-me vinte e quatro horas para refletir e eu não queria nem um minuto, nem um segundo.

Que me importavam o meu futuro e a minha existência se eu os sacrificaria de bom grado para dar-lhe mais um dia de vida?

Todas estas ideias, minha prima, cruzavam-se no meu espírito, rápidas e confusas, enquanto eu fechava na caixinha de pau-cetim os objetos preciosos que ela encerrava, copiava na minha carteira a sua morada, escrita no fim da carta, e atravessava o espaço que me separava da porta do hotel.

Aí encontrei o criado da véspera.

—A que horas parte a barca da Estrela[16]?

—Ao meio-dia.

Eram onze horas; no espaço de uma hora eu faria as quatro léguas que me separavam daquele porto.

Lancei os olhos em torno de mim com uma espécie de desvario.

---

16 **Estrela**: porto fluvial que servia de ligação entre Petrópolis e a baía de Guanabara. (N.E.)

Não tinha um trono, como Ricardo III[17], para oferecer em troca de um cavalo; mas tinha a realeza do nosso século, tinha dinheiro.

A dois passos da porta do hotel estava um cavalo, que o seu dono tinha pela rédea.

— Compro-lhe este cavalo, disse eu, caminhando para ele, sem mesmo perder tempo em cumprimentá-lo.

— Não pretendia vendê-lo, respondeu-me o homem cortesmente; mas, se o senhor está disposto a dar o preço que ele vale...

— Não questiono sobre o preço; compro-lhe o cavalo arreado como está.

O sujeito olhou-me admirado; porque, a falar a verdade, os seus arreios nada valiam.

Quanto a mim, já lhe tinha tomado as rédeas da mão; e, sentado no selim, esperava que me dissesse quanto tinha de pagar-lhe.

— Não repare, fiz uma aposta e preciso de um cavalo para ganhá-la.

Isto deu-lhe a compreender a singularidade do meu ato e a pressa que eu tinha; recebeu sorrindo o preço do seu animal e disse, saudando-me com a mão, de longe, porque já eu dobrava a rua:

— Estimo que ganhe a aposta; o animal é excelente!

Na verdade era uma aposta que eu tinha feito comigo mesmo, ou antes com a minha razão, a qual me dizia que era impossível apanhar a barca, e que eu fazia uma extravagância sem necessidade, pois bastava ter paciência por vinte e quatro horas.

Mas o amor não compreende esses cálculos e esses raciocínios próprios da fraqueza humana; criado com uma partícula do fogo divino, ele eleva o homem acima da terra, desprende-o da argila que o envolve e dá-lhe força para dominar todos os obstáculos, para querer o impossível.

Esperar tranquilamente um dia para dizer-lhe que eu a amava e queria amá-la com todo o culto e admiração que me inspirava a sua nobre abnegação, me parecia quase uma infâmia.

Seria dizer-lhe que tinha refletido friamente, que tinha pesado todos os prós e os contras do passo que ia dar, que havia calculado como um egoísta a felicidade que ela me oferecia.

Não só a minha alma se revoltava contra esta ideia; mas parecia-me que ela, com a sua extrema delicadeza de sentimento, embora não se queixasse, sentiria ver-se o objeto de um cálculo e o alvo de um projeto de futuro.

---

17 **Ricardo III**: rei da Inglaterra (1452-1485) a quem se atribui a frase: "Meu reino por um cavalo!" (N.E.)

A minha viagem foi uma corrida louca, desvairada, delirante. Novo Mazzeppa[18], passava por entre a cerração da manhã, que cobria os píncaros da serrania, como uma sombra que fugia rápida e veloz.

Dir-se-ia que alguma rocha colocada em um dos cabeços da montanha tinha-se desprendido de seu alvéolo secular e, precipitando-se com todo o peso, rolava surdamente pelas encostas.

O galopar do meu cavalo formava um único som, que ia reboando pelas grutas e cavernas e confundia-se com o rumor das torrentes.

As árvores, cercadas de névoa, fugiam diante de mim como fantasmas; o chão desaparecia sob os pés do animal; às vezes parecia-me que a terra ia faltar-me e que o cavalo e cavaleiro rolavam por algum desses abismos imensos e profundos, que devem ter servido de túmulos titânicos.

Mas, de repente, entre uma aberta de nevoeiro, eu via a linha azulada do mar e fechava os olhos e atirava-me sobre o meu cavalo, gritando-lhe ao ouvido a palavra de Byron: — *Away!*[19]

Ele parecia entender-me e precipitava essa corrida desesperada; não galopava, voava; seus pés, como impelidos por quatro molas de aço, nem tocavam a terra.

Assim, minha prima, devorando o espaço e a distância, foi ele, o nobre animal, abater-se a alguns passos apenas da praia; a coragem e as forças só o tinham abandonado com a vida e no termo da viagem.

Em pé, ainda sobre o cadáver desse companheiro leal, via a coisa de uma milha o vapor que singrava ligeiramente para a cidade.

Aí fiquei, perto de uma hora, seguindo com os olhos essa barca que a conduzia; e quando o casco desapareceu, olhei os frocos de fumaça do vapor, que se enovelaram no ar e que o vento desfazia a pouco e pouco.

Por fim, quando tudo desapareceu e que nada me falava dela, olhei ainda o mar por onde havia passado e o horizonte que a ocultava aos meus olhos.

O sol dardejava raios de fogo; mas eu nem me importava com o sol; todo o meu espírito e os meus sentidos se concentravam em um único pensamento; vê-la, vê-la em uma hora, em um momento, se possível fosse.

Um velho pescador arrastava nesse momento a sua canoa à praia.

Aproximei-me e disse-lhe:

---

18 **Mazzeppa**: personagem do poeta romântico inglês Lord Byron (1788-1824) inspirado num líder cossaco do século XVII. Segundo a lenda, Mazzeppa foi amarrado a um cavalo selvagem como punição por ter raptado uma mulher. Tendo sobrevivido ao castigo, passou a simbolizar o cavaleiro experiente e ousado. (N.E.)

19 **Away!**: do inglês, "Adiante!" (N.E.)

— Meu amigo, preciso ir à cidade, perdi a barca e desejava que você me conduzisse na sua canoa.

— Mas se eu agora mesmo é que chego!

— Não importa; pagarei o seu trabalho, também o incômodo que isto lhe causa.

— Não posso, não, senhor, não é lá pela paga que eu digo que estou chegando; mas é que passar a noite no mar sem dormir não é lá das melhores coisas; e estou caindo de sono.

— Escute, meu amigo...

— Não se canse, senhor; quando eu digo não, é não; e está dito.

E o velho continuou a arrastar a sua canoa.

— Bem, não falemos mais nisto; mas conversemos.

— Lá isto como o senhor quiser.

— A sua pesca rende-lhe bastante?

— Qual! rende nada!...

— Ora diga-me! Se houvesse um meio de fazer-lhe ganhar em um só dia o que pode ganhar em um mês, não enjeitaria decerto?

— Isto é coisa que se pergunte?

— Quando mesmo fosse preciso embarcar depois de passar uma noite em claro no mar?

— Ainda que devesse remar três dias com três noites, sem dormir nem comer.

— Nesse caso, meu amigo, prepare-se, que vai ganhar o seu mês de pescaria; leve-me à cidade.

— Ah! isto já é outro falar; por que não disse logo?...

— Era preciso explicar-me?!

— Bem diz o ditado que é falando que a gente se entende.

— Assim, é negócio decidido. Vamos embarcar?

— Com licença; preciso de um instantinho para prevenir a mulher; mas é um passo lá e outro cá.

— Olhe, não se demore; tenho muita pressa.

— É em um fechar de olhos, disse ele, correndo na direção da vila.

Mal tinha feito vinte passos, parou, hesitou, e por fim voltou lentamente pelo mesmo caminho.

Eu tremia; julgava que se tinha arrependido, que vinha apresentar-me alguma nova dificuldade. Chegou-se para mim de olhos baixos e coçando a cabeça.

— O que temos, meu amigo? perguntei-lhe com uma voz que esforçava por ter calma.

— É que... o senhor disse que pagava um mês...

— Decerto; e, se duvida, disse, levando a mão ao bolso.

— Não, senhor, Deus me defenda de desconfiar do senhor! Mas é que... sim, não vê, o mês agora tem menos um dia que os outros!

Não pude deixar de sorrir-me do temor do velho; nós estávamos com efeito, no mês de fevereiro.

— Não se importe com isto; está entendido que, quando eu digo um mês, é um mês de trinta e um dias; os outros são meses aleijados, e não se contam.

— É isso mesmo, disse o velho, rindo-se da minha ideia; assim como quem diz, um homem sem um braço. Ah!... ah!...

E, continuando a rir-se, tomou o caminho de casa e desapareceu.

Quanto a mim, estava tão contente com a ideia de chegar à cidade em algumas horas, que não pude deixar também de rir-me do caráter original do pescador.

Conto-lhe estas cenas e as outras que se lhe seguiram com todas as suas circunstâncias por duas razões, minha prima.

A primeira é porque desejo que compreenda bem o drama simples que me propus traçar-lhe; a segunda é porque tenho tantas vezes repassado na memória as menores particularidades dessa história, tenho ligado de tal maneira o meu pensamento a essas reminiscências, que não me animo a destacar delas a mais insignificante circunstância; parece-me que se o fizesse, separaria uma parcela de minha vida.

Depois de duas horas de espera e de impaciência, embarquei nessa casquinha de noz, que saltou sobre as ondas, impelida pelo braço ainda forte e ágil do velho pescador.

Antes de partir fiz enterrar o meu pobre cavalo; não podia deixar assim exposto às aves de rapina o corpo desse nobre animal, que eu tinha roubado à afeição do seu dono, para imolá-lo à satisfação de um capricho meu.

Talvez lhe pareça isto uma puerilidade; mas a senhora é mulher, minha prima, e deve saber que, quando se ama como eu amava, tem-se o coração tão cheio de afeição, que espalha uma atmosfera de sentimento em torno de nós e inunda até os objetos inanimados, quanto mais as criaturas, ainda irracionais, que um momento se ligaram à nossa existência para realização de um desejo.

IX

Eram seis horas da tarde.

O sol declinava rapidamente e a noite, descendo do céu, envolvia a terra nas sombras desmaiadas que acompanhavam o ocaso.

Soprava uma forte viração de sudoeste, que desde o momento da partida retardava a nossa viagem; lutávamos contra o mar e o vento.

O velho pescador, morto de fadiga e de sono, estava exausto de forças; a sua pá, que a princípio fazia saltar sobre as ondas como um peixe o frágil barquinho, apenas feria agora a flor da água.

Eu, recostado na popa, e com os olhos fitos na linha azulada do horizonte, esperando a cada momento ver desenhar-se o perfil do meu belo Rio de Janeiro, começava seriamente a inquietar-me na minha extravagância e loucura.

À proporção que declinava o dia e que as sombras cobriam o céu, esse vago inexprimível da noite no meio das ondas, a tristeza e melancolia que infunde o sentimento da fraqueza do homem em face dessa solidão imensa de água e de céu, se apoderavam do meu espírito.

Pensava então que teria sido mais prudente esperar o dia seguinte e fazer uma viagem breve e rápida, do que sujeitar-me a mil contratempos e mil embaraços, que no fim de contas nada adiantavam.

Com efeito já tinha anoitecido; e, ainda que conseguíssemos chegar à cidade por volta de nove ou dez horas, só no dia seguinte poderia ver Carlota e falar-lhe.

De que havia servido, pois, todo o meu arrebatamento, toda a minha impaciência? Tinha morto um animal, tinha incomodado um pobre velho, tinha atirado às mãos-cheias dinheiro, que poderia melhor empregar socorrendo algum infortúnio e cobrindo esta obra de caridade com o nome e a lembrança dela.

Concebia uma triste ideia de mim; no meu modo de ver então as coisas, parecia-me que eu tinha feito do amor, que é uma sublime paixão, apenas uma estúpida mania; e dizia interiormente que o homem que não domina os seus sentimentos, é um escravo, que não tem o menor merecimento quando pratica um ato de dedicação.

Tinha-me tornado filósofo, minha prima, e decerto compreenderá a razão.

No meio da baía, metido em uma canoa, à mercê do vento e do mar, não podendo dar largas à minha impaciência de chegar, não havia senão um modo de sair desta situação, e este era arrepender-me do que tinha feito.

Se eu pudesse fazer alguma nova loucura, creio piamente que adiaria o arrependimento para mais tarde, porém era impossível.

Tive um momento a ideia de atirar-me à água e procurar vencer a nado a distância que me separava dela; mas era noite, não tinha a luz de Hero[20] para guiar-me, e me perderia nesse novo Helesponto.

---

20 **Hero**: alusão a uma lenda grega segundo a qual Leandro, apaixonado por Hero (também chamada de Hera), todas as noites atravessava a nado o Helesponto (estreito de Bósforo) para encontrá-la. Ele percorria esse trajeto guiando-se por uma fogueira que sua amada acendia. (N.E.)

Foi decerto uma inspiração do céu ou o meu anjo da guarda que me veio advertir que naquela ocasião eu nem sabia mesmo de que lado ficava a cidade.

Resignei-me, pois; e arrependi-me sinceramente.

Dividi com o meu companheiro algumas provisões que tínhamos trazido; e fizemos uma verdadeira colação de contrabandistas ou piratas.

Caí na asneira de obrigá-lo a beber uma garrafa de vinho do Porto, bebendo eu outra para acompanhá-lo e fazer-lhe as honras da hospitalidade. Julgava que deste modo ele restabeleceria as forças e chegaríamos mais depressa.

Tinha-me esquecido de que a sabedoria das nações, ou a ciência dos provérbios, consagra o princípio de que devagar se vai ao longe.

Acabada a nossa magra colação, o pescador começou a remar com uma força e um vigor que me reanimaram a esperança.

Assim, docemente embalado pela ideia de vê-la e pelo marulho das ondas, com os olhos fitos na estrela da tarde, que se ia sumindo no horizonte e me sorria como para consolar-me, senti a pouco e pouco fecharem-se as pálpebras, e dormi.

Quando acordei, minha prima, o sol derramava seus raios de ouro sobre o manto azulado das ondas: era dia claro.

Não sei onde estávamos; via ao longe algumas ilhas; o pescador dormia na proa, e ressonava como um boto.

A canoa tinha vogado à mercê da corrente; e o remo, que caíra naturalmente das mãos do velho, no momento em que ele cedera à força invencível do sono, tinha desaparecido.

Estávamos no meio da baía, sem poder dar um passo, sem poder mover-nos.

Aposto, minha prima, que a senhora acaba de dar uma risada, pensando na cômica posição em que me achava; mas seria uma injustiça zombar de uma dor profunda, de uma angústia cruel como a que sofri então.

Os instantes, as horas, corriam de decepção em decepção; alguns barcos que passaram perto, apesar dos nossos gritos, seguiram o seu caminho, não podendo supor que com o tempo calmo e sereno que fazia, houvesse sombra de perigo para uma canoa que boiava tão levemente sobre as ondas.

O velho, que tinha acordado, nem se desculpava; mas a sua aflição era tão grande que quase me comoveu; o pobre homem arrancava os cabelos e mordia os beiços de raiva.

As horas correram assim nessa atonia do desespero. Sentados em face um do outro, talvez culpando-nos mutuamente do que sucedia, não proferíamos uma palavra, não fazíamos um gesto.

Por fim veio a noite. Não sei como não fiquei louco, lembrando-me de que estávamos a 13, e que o paquete devia partir no dia seguinte.

Não era unicamente a ideia de uma ausência que me afligia; era também a lembrança do mal que ia causar-lhe, a ela, que, ignorando o que se passava, me julgaria egoísta, suporia que a havia abandonado e que ficara em Petrópolis, divertindo-me.

Aterrava-me com as consequências que poderia ter esse fato sobre a sua saúde tão frágil, sobre a sua vida, e me condenava já como assassino.

Lancei um olhar alucinado sobre o pescador e tive ímpetos de abraçá-lo e atirar-me com ele ao mar.

Oh! como sentia então o nada do homem e a fraqueza da nossa raça, tão orgulhosa de sua superioridade e do seu poder!

De que me serviam a inteligência, a vontade e essa força invencível do amor, que me impelia e me dava coragem para arrostar vinte vezes a morte?

Algumas braças d'água e uma pequena distância me retinham e me encadeavam naquele lugar como a um poste; a falta de um remo, isto é, de três palmos de madeira, criava para mim o impossível; um círculo de ferro me cingia, e para quebrar essa prisão, contra a qual toda a minha razão era impotente, bastava-me que fosse um ente irracional.

A gaivota, que frisava as ondas com a ponta de suas asas brancas; o peixe, que fazia cintilar um momento seu dorso de escamas à luz das estrelas; o inseto, que vivia no seio das águas e plantas marinhas, eram reis dessa solidão, na qual o homem não podia sequer dar um passo.

Assim, blasfemando contra Deus e sua obra, sem saber o que fazia nem o que pensava, entreguei-me à Providência; embrulhei-me no meu capote, deitei-me e fechei os olhos, para não ver a noite adiantar-se, as estrelas empalidecerem e o dia raiar.

Tudo estava sereno e tranquilo; as águas nem se moviam; apenas sobre a face lisa do mar passava uma aragem tênue, que se diria hálito das ondas adormecidas.

De repente, pareceu-me sentir que a canoa deixara de boiar à discrição e singrava lentamente; julgando que fosse ilusão minha, não me importei, até que um movimento contínuo e regular convenceu-me.

Afastei a aba do capote e olhei, receando ainda iludir-me; não vi o pescador; mas a alguns passos da proa percebi os rolos de espuma que formavam um corpo, agitando-se nas ondas.

Aproximei-me e distingui o velho pescador, que nadava, puxando a canoa por meio de uma corda que amarrara à cintura, para deixar-lhe os movimentos livres.

Admirei essa dedicação do pobre velho, que procurava remediar a sua falta por um sacrifício que eu supunha inútil: não era possível que um homem nadasse assim por muito tempo.

Com efeito, passados alguns instantes, vi-o parar e saltar ligeiramente na canoa como temendo acordar-me; a sua respiração fazia uma espécie de burburinho no seu peito largo e forte.

Bebeu um trago de vinho e com o mesmo cuidado deixou-se cair n'água e continuou a puxar a canoa.

Era alta noite quando nesta marcha chegamos a uma espécie de praia, que teria quando muito duas braças. O velho saltou e desapareceu.

Fitando a vista nas trevas, vi uma claridade, que não pude distinguir se era fogo, se luz, senão quando uma porta, abrindo-se, deixou-me ver o interior de uma cabana.

O velho voltou com um outro homem, sentaram-se sobre uma pedra e começaram a falar em voz baixa. Senti uma grande inquietação; na verdade, minha prima, só me faltava, para completar a minha aventura, uma história de ladrões.

A minha suspeita, porém, era injusta; os dois pescadores estavam à espera de dois remos que lhes trouxe uma mulher, e imediatamente embarcaram e começaram a remar com uma força espantosa.

A canoa resvalou sobre as ondas, ágil e veloz como um desses peixes de que havia pouco invejava a rapidez.

Ergui-me para agradecer a Deus, ao céu, às estrelas, às águas, a toda a natureza enfim, o raio de esperança que me enviavam.

Uma faixa escarlate já se desenhava no horizonte; o oriente foi-se esclarecendo de gradação em gradação, até que deixou ver o disco luminoso do sol.

A cidade começou a erguer-se do seio das ondas, linda e graciosa, como uma donzela que, recostada sobre um monte de relva, banhasse os pés na corrente límpida de um rio.

A cada movimento de impaciência que eu fazia, os dois pescadores dobravam-se sobre os remos e a canoa voava. Assim nos aproximamos da cidade, passamos entre os navios, e nos dirigimos à Glória, onde pretendia desembarcar, para ficar mais próximo de sua casa.

Em um segundo tinha tomado a minha resolução; chegar, vê-la, dizer-lhe que a seguia, e embarcar-me nesse mesmo paquete em que ela ia partir.

Não sabia que horas eram; mas há pouco havia amanhecido; tinha tempo para tudo, tanto mais que eu só precisava de uma hora. Um crédito sobre Londres e a minha mala de viagem eram todos os meus preparativos; podia acompanhá-la ao fim do mundo.

Já via tudo cor-de-rosa, sorria à minha ventura e gozava da alegre surpresa que ia causar-lhe, a ela que já não me esperava.

A surpresa, porém, foi minha.

Quando passava diante de Villegaignon[21], descobri de repente o paquete inglês: as pás se moviam indolentemente e imprimiam ao navio essa marcha vagarosa do vapor, que parece experimentar as suas forças, para precipitar-se a toda a carreira.

Carlota estava sentada sob a tolda, com a cabeça encostada ao ombro de sua mãe e com os olhos engolfados no horizonte, que ocultava o lugar onde tínhamos passado a primeira e última hora de felicidade.

Quando me viu, fez um movimento como se quisesse lançar-se para mim; mas conteve-se, sorriu-se para sua mãe, e, cruzando as mãos no peito, ergueu os olhos ao céu, como para agradecer a Deus, ou para dirigir-lhe uma prece.

Trocamos um longo olhar, um desses olhares que levam toda a nossa alma e a trazem ainda palpitante das emoções que sentiu noutro coração; uma dessas correntes elétricas que ligam duas vidas em um só fio.

O vapor soltou um gemido surdo; as rodas fenderam as águas; e o monstro marinho, rugindo como uma cratera, vomitando fumo e devorando o espaço com os seus flancos negros, lançou-se.

Por muito tempo ainda vi o seu lenço branco agitar-se ao longe, como as asas brancas do meu amor, que fugia e voava ao céu.

O paquete sumiu-se no horizonte.

X

O resto desta história, minha prima, a senhora conhece, com exceção de algumas particularidades.

Vivi um mês, contando os dias, as horas e os minutos; o tempo corria vagarosamente para mim, que desejava poder devorá-lo.

Quando tinha durante uma manhã inteira olhado o seu retrato, conversado com ele, e lhe contado a minha impaciência e o meu sofrimento, começava a calcular as horas que faltavam para acabar o dia, os dias que faltavam para acabar a semana e as semanas que ainda faltavam para acabar o mês.

---

21 **Villegaignon**: pequena ilha situada na baía de Guanabara, próxima ao centro do Rio de Janeiro. O nome remete ao marinheiro francês Nicolas Durand de Villegaignon (1510-1571), que a ocupou em 1555. (N.E.)

No meio da tristeza que me causara a sua ausência, o que me deu um grande consolo foi uma carta que ela me havia deixado e que me foi entregue no dia seguinte ao da sua partida.

"Bem vês, meu amigo, dizia-me ela, que Deus não quer aceitar o teu sacrifício. Apesar de todo o teu amor, apesar de tua alma, ele impediu a nossa união; poupou-te um sofrimento e a mim talvez um remorso.

"Sei tudo quanto fizeste por minha causa e adivinho o resto; parto triste por não te ver, mas bem feliz por sentir-me amada, como nenhuma mulher talvez o seja neste mundo."

Esta carta tinha sido escrita na véspera da saída do paquete; um criado que viera de Petrópolis e a quem ela incumbira de entregar-me a caixinha com o seu retrato, contou-lhe metade das extravagâncias que eu praticara para chegar à cidade no mesmo dia.

Disse-lhe que me tinha visto partir para a Estrela, depois de perguntar a hora da saída do vapor; e que embaixo da serra referiram-lhe como eu tinha morto um cavalo para alcançar a barca e como me embarcara em uma canoa.

Não me vendo chegar, ela adivinhara que alguma dificuldade invencível me retinha, e atribuía isto à vontade de Deus, que não consentia no meu amor.

Entretanto, lendo e relendo a sua carta, uma coisa me admirou; ela não me dizia um adeus, apesar de sua ausência e apesar da moléstia, que podia tornar essa ausência eterna.

Tinha-me adivinhado! Ao mesmo tempo que fazia por me dissuadir, estava convencida de que a acompanharia.

Com efeito parti no paquete seguinte para a Europa.

Há de ter ouvido falar, minha prima, se é que ainda não o sentiu, da força dos pressentimentos do amor, ou da segunda vista que tem a alma nas suas grandes afeições.

Vou contar-lhe uma circunstância que confirma este fato.

No primeiro lugar onde desembarquei, não sei que instinto, que revelação, me fez correr imediatamente ao correio; parecia-me impossível que ela não tivesse deixado alguma lembrança para mim.

E de fato em todos os portos da escala do vapor havia uma carta que continha duas palavras apenas:

"Sei que tu me segues. Até logo."

Enfim cheguei à Europa e vi-a. Todas as minhas loucuras e os meus sofrimentos foram compensados pelo sorriso de inexprimível gozo com que me acolheu.

Sua mãe dizia-lhe que eu ficaria no Rio de Janeiro, mas ela nunca duvidara de mim! Esperava-me como se a tivesse deixado na véspera, prometendo voltar.

Encontrei-a muito abatida da viagem; não sofria, mas estava pálida e branca como uma dessas Madonas de Rafael[22], que vi depois em Roma.

Às vezes uma languidez invencível a prostrava; nesses momentos um quer que seja de celeste e vaporoso a cercava, como se a alma exalando-se envolvesse o seu corpo.

Sentado ao seu lado, ou de joelhos a seus pés, passava os dias a contemplar essa agonia lenta; sentia-me morrer gradualmente, à semelhança de um homem que vê os últimos clarões da luz que vai extinguir-se e deixá-lo nas trevas.

Uma tarde em que ela estava ainda mais fraca, tínhamo-nos chegado para a varanda.

A nossa casa em Nápoles dava sobre o mar; o sol, transmontando, escondia-se nas ondas; um raio pálido e descorado veio enfiar-se pela nossa janela e brincar sobre o rosto de Carlota, sentada ou antes deitada em uma conversadeira.

Ela abriu os olhos um momento e quis sorrir; seus lábios nem tinham força para desfolhar o sorriso.

As lágrimas saltaram-me dos olhos; havia muito que eu tinha perdido a fé, mas conservava ainda a esperança; esta desvaneceu-se com aquele reflexo do ocaso, que me parecia o seu adeus à vida.

Sentindo as minhas lágrimas molharem as suas mãos, que eu beijava, ela voltou-se e fixou-me com os seus grandes olhos lânguidos.

Depois, fazendo um esforço, reclinou-se para mim e apoiou as mãos sobre o meu ombro.

— Meu amigo, disse ela com voz débil, vou pedir-te uma coisa, a última; tu me prometes cumprir?

— Juro, respondi-lhe eu, com a voz cortada pelos soluços.

— Daqui a bem pouco tempo... daqui a algumas horas talvez... Sim! sinto faltar-me o ar!...

— Carlota!...

— Sofres, meu amigo! Ah! se não fosse isto eu morreria feliz.

— Não fales em morrer!

---

22 **Madonas de Rafael**: referência aos muitos quadros de Nossa Senhora (*La Madonna*, em italiano) pintados por Rafael (1483-1520), artista da Renascença italiana. (N.E.)

— Pobre amigo, em que deverei falar então? Na vida?... Mas não vês que a minha vida é apenas um sopro... um instante que breve terá passado?

—Tu te iludes, minha Carlota.

Ela sorriu tristemente.

— Escuta; quando sentires a minha mão gelada, quando as palpitações do meu coração cessarem, prometes receber nos lábios a minha alma?

— Meu Deus!...

— Prometes? sim?...

— Sim.

Ela tornou-se lívida; sua voz suspirou apenas:

—Agora!

Apertei-a ao peito e colei os meus lábios aos seus. Era o primeiro beijo de nosso amor, beijo casto e puro, que a morte ia santificar.

Sua fronte se tinha gelado, não sentia a sua respiração nem as pulsações de seu seio.

De repente ela ergueu a cabeça. Se visse, minha prima, que reflexo de felicidade e alegria iluminava nesse momento o seu rosto pálido!

— Oh! quero viver! exclamou ela.

E com os lábios entreabertos aspirou com delícia a aura impregnada de perfumes que nos enviava o golfo de Ischia.

Desde esse dia foi pouco a pouco restabelecendo-se, ganhando as forças e a saúde; sua beleza reanimava-se e expandia-se como um botão que por muito tempo privado de sol, se abre em flor viçosa.

Esse milagre, que ela, sorrindo e corando, atribuía ao meu amor, foi-nos um dia explicado bem prosaicamente por um médico alemão que nos fez uma longa dissertação a respeito da medicina.

Segundo ele dizia, a viagem tinha sido o único remédio e o que nós tomávamos por um estado mortal não era senão a crise que se operava, crise perigosa, que podia matá-la, mas que felizmente a salvou.

Casamo-nos em Florença na igreja de Santa Maria Novella.

Percorremos a Alemanha, a França, a Itália e a Grécia; passamos um ano nessa vida errante e nômade, vivendo do nosso amor e alimentando-nos de música, de recordações históricas, de contemplações de arte.

Criamos assim um pequeno mundo, unicamente nosso; depositamos nele todas as belas reminiscências de nossas viagens, toda a poesia dessas ruínas seculares em que as gerações que morreram, falam ao futuro pela voz do silêncio; todo o enlevo dessas vastas e imensas solidões do mar, em que a alma, dilatando-se no infinito, sente-se mais perto de Deus.

Trouxemos das nossas peregrinações um raio de sol do Oriente, um reflexo de lua de Nápoles, uma nesga do céu da Grécia, algumas flores, alguns perfumes, e com isto enchemos o nosso pequeno universo.

Depois, como as andorinhas que voltam com a primavera para fabricar o seu ninho no campanário da capelinha em que nasceram, apenas ela recobrou a saúde e as suas belas cores, viemos procurar em nossa terra um cantinho para esconder esse mundo que havíamos criado.

Achamos na quebrada de uma montanha um lindo retiro, um verdadeiro berço de relva suspenso entre o céu e a terra por uma ponta de rochedo.

Aí abrigamos o nosso amor e vivemos tão felizes que só pedimos a Deus que nos conserve o que nos deu; a nossa existência é um longo dia, calmo e tranquilo, que começou *ontem*, mas que não tem *amanhã*.

Uma linda casa, toda alva e louçã, um pequeno rio saltitando entre as pedras, algumas braças de terra, sol, ar puro, árvores, sombras, — eis toda a nossa riqueza.

Quando nos sentimos fatigados de tanta felicidade, ela arvora-se em dona de casa ou vai cuidar de suas flores; eu fecho-me com os meus livros e passo o dia a trabalhar. São os únicos momentos em que não nos vemos.

Assim, minha prima, como parece que neste mundo não pode haver um amor sem o seu receio e a sua inquietação, nós não estamos isentos dessa fraqueza.

Ela tem ciúmes de meus livros, como eu tenho de suas flores. Ela diz que a esqueço para trabalhar; eu queixo-me de que ela ama as suas violetas mais do que a mim.

Isto dura quando muito um dia; depois vem sentar-se ao meu lado e dizer-me ao ouvido a primeira palavra que balbuciou o nosso amor:

— *Non ti scordar di me.*

Olhamo-nos, sorrimos e recomeçamos esta história que lhe acabo de contar e que é ao mesmo tempo o nosso romance, o nosso drama e o nosso poema.

Eis, minha prima, a resposta à sua pergunta; eis por que esse moço elegante, como teve a bondade de chamar-me, fez-se provinciano e retirou-se da sociedade, depois de ter passado um ano na Europa.

Podia dar-lhe outra resposta mais breve e dizer-lhe simplesmente que tudo isto sucedeu porque me atrasei *cinco minutos*.

Desta pequena causa, desse grão de areia, nasceu a minha felicidade; dele podia resultar a minha desgraça. Se tivesse sido pontual como um inglês, não teria tido uma paixão nem feito uma viagem; mas ainda hoje estaria perdendo o meu tempo a passear pela rua do Ouvidor e a ouvir falar de política e teatro.

Isto prova que a pontualidade é uma excelente virtude para uma máquina; mas um grave defeito para um homem.

Adeus, minha prima. Carlota impacienta-se, porque há muitas horas que lhe escrevo; não quero que ela tenha ciúmes desta carta e que me prive de enviá-la.

Minas, 12 de agosto.

Abaixo da assinatura havia um pequeno *post-scriptum* de uma letra fina e delicada:

"P. S. — Tudo isto é verdade, D..., menos uma coisa.

"Ele não tem ciúmes de minhas flores, nem podia ter, porque sabe que só quando seus olhos não me procuram é que vou visitá-las e pedir-lhes que me ensinem a fazer-me bela para agradá-lo.

"Nisto enganou-a; mas eu vingo-me, roubando-lhe um dos meus beijos, que lhe envio nesta carta.

"Não o deixe fugir, prima; iria talvez revelar a nossa felicidade ao mundo invejoso.

"CARLOTA"

A viuvinha

A D...

Janeiro de 1857.

I

Se passasse há dez anos pela praia da Glória, minha prima, antes que as novas ruas que abriram tivessem dado um ar de cidade às lindas encostas do morro de Santa Teresa, veria de longe sorrir-lhe entre o arvoredo, na quebrada da montanha, uma casinha de quatro janelas com um pequeno jardim na frente.

Ao cair da tarde, havia de descobrir na última das janelas o vulto gracioso de uma menina que aí se conservava imóvel até seis horas, e que, retirando-se ligeiramente, vinha pela portinha do jardim encontrar-se com um moço que subia a ladeira e oferecer-lhe modestamente a fronte, onde ele pousava um beijo de amor tão casto que parecia antes um beijo de pai.

Depois, com as mãos entrelaçadas, iam ambos sentar-se a um canto do jardim, onde a sombra era mais espessa, e aí conversavam baixinho um tempo esquecido; ouvia-se apenas o doce murmúrio das vozes, interrompidas por esses momentos de silêncio em que a alma emudece, por não achar no vocábulo humano outra linguagem que melhor a exprima.

O arrulhar destes dois corações virgens durava até oito horas da noite, quando uma senhora de certa idade chegava a uma das janelas da casa, já então iluminada, e, debruçando-se um pouco, dizia com a voz doce e afável.

— Olha o sereno, Carolina!

A estas palavras os dois amantes se erguiam, atravessavam o pequeno espaço que os separava da casa e subiam os degraus da porta, onde eram recebidos pela senhora que os esperava.

— Boa noite, D. Maria, dizia o moço.

— Boa noite, sr. Jorge; como passou? respondia a boa senhora.

A sala da casinha era simples e pequena, mas muito elegante; tudo nela respirava esse aspecto alegre e faceiro que se ri com a vista.

Aí nessa sala passavam as três pessoas de que lhe falei um desses serões de família, íntimos e tranquilos, como já não os há talvez nessa bela cidade do Rio de Janeiro, invadida pelos usos e costumes estrangeiros.

Os dois moços sentavam-se ao piano; as mãozinhas distraídas da menina roçavam apenas pelo teclado, fazendo soar uns ligeiros arpejos que serviam de acompanhamento a uma conversação em meia-voz.

D. Maria, sentada à mesa do meio da sala, jogava a paciência; e quando levantava a vista das cartas, era para olhar a furto os dois moços e sorrir-se de satisfeita e feliz.

Isto durava até à hora do chá; e pouco depois Jorge retirava-se, beijando a mão da boa senhora, que neste momento tinha sempre uma ordem a dar e fingia não ver o beijo de despedida que o moço imprimia na fronte cândida da menina.

Agora, minha prima, se quer saber o segredo da cena que lhe acabei de descrever, cena que se repetia todas as tardes, havia um mês, dê-me alguns momentos de atenção, que vou satisfazê-la.

Este moço que designei com o nome de Jorge, e que realmente tinha outro nome, em que decerto há de ter ouvido falar, era o filho de um negociante rico que falecera, deixando-o órfão em tenra idade; seu tutor, velho amigo de seu pai, zelou a sua educação e a sua fortuna, como homem inteligente e honrado que era.

Chegando à maioridade, Jorge tomou conta de seu avultado patrimônio e começou a viver essa vida dos nossos moços ricos, os quais pensam que gastar o dinheiro que seus pais ganharam é uma profissão suficiente para que se dispensem de abraçar qualquer outra.

Temos, infelizmente, muitos exemplos dessas esterilidades a que se condenam homens que, pela sua posição independente, podiam aspirar a um futuro brilhante.

Durante três anos, o moço entregou-se a esse delírio do gozo que se apodera das almas ainda jovens; saciou-se de todos os prazeres, satisfez todas as vaidades.

As mulheres lhe sorriram, os homens o festejaram; teve amantes, luxo, e até essa glória efêmera, auréola passageira que brilha algumas horas para aqueles que pelos seus vícios e pelas suas extravagâncias excitam um momento a curiosidade pública.

Felizmente, como quase sempre sucede, no meio das sensações materiais, a alma se conservara pura; envolta ainda na sua virgindade primitiva, dormira todo o tempo em que a vida parecia ter-se concentrado nos sentidos e só despertou quando, fatigado pelos excessos do prazer, gasto pelas emoções repetidas de uma existência desregrada, o moço sentiu o tédio e o aborrecimento, que é a última fase dessa embriaguez do espírito.

Tudo que até então lhe parecera cor-de-rosa tornou-se insípido e monótono, todas essas mulheres que cortejara, todas essas loucuras que o excitaram, todo esse luxo que o fascinara, causavam-lhe repugnância; faltava-lhe um quer que seja, sentiu um vácuo imenso; ele, que antes não podia viver senão em sociedade e no bulício[23] do mundo, procurava a solidão.

Uma circunstância bem simples modificou a sua existência.

Levantou-se um dia depois de uma noite de insônia, em que todas as recordações de sua vida desregrada, todas as imagens das mulheres que o haviam seduzido perpassaram como fantasmas pela sua imaginação, atirando-lhe um sorriso de zombaria e de escárnio.

Abriu a janela para aspirar o ar puro e fresco da manhã, que vinha rompendo.

Daí a pouco o sino da igrejinha da Glória começou a repicar alegremente; esse toque argentino[24], essa voz prazenteira do sino, causou-lhe uma impressão agradável.

Vieram-lhe tentações de ir à missa.

A manhã estava lindíssima, o céu azul e o sol brilhante; quando não fosse por espírito de religiosidade excitava-o a ideia de um belo passeio a um dos lugares mais pitorescos da cidade.

II

Alguns instantes depois Jorge subia a ladeira e entrava na igreja.

A modesta simplicidade do templo impôs-lhe respeito; ajoelhou; não rezou, porque não sabia, mas lembrou-se de Deus e elevou o seu espírito desde a miséria do homem até a grandeza do Criador.

Quando se ergueu, parecia-lhe que se tinha libertado de uma opressão que o fatigava; sentia um bem-estar, uma tranquilidade de espírito indefinível.

Nesse momento viu ajoelhada ao pé da grade que separa a capela, uma menina de quinze anos, quando muito: o perfil suave e delicado, os longos cílios que vendavam seus olhos negros e brilhantes, as tranças que realçavam a sua fronte pura, o impressionaram.

---

23 **bulício**: agitação, burburinho, falta de sossego. (N.E.)
24 **argentino**: neste contexto, equivale a "argênteo" (relativo à prata, de que o sino é feito). (N.E.)

Começou a contemplar aquela menina como se fosse uma santa; e, quando ela se levantou para retirar-se com sua mãe, seguiu-a insensivelmente até a casa que já lhe descrevi porque esta moça era a mesma de que lhe falei, e sua mãe D. Maria.

Escuso contar-lhe o que se passou depois. Quem não sabe a história simples e eterna de um amor inocente, que começa por um olhar, passa ao sorriso, chega ao aperto de mão às escondidas e acaba afinal por um beijo e por um sim, palavras sinônimas no dicionário do coração?

Dois meses depois desse dia começou aquela visita ao cair da tarde, aquela conversa à sombra das árvores, aquele serão de família, aquela doce intimidade de um amor puro e tranquilo.

Jorge esperava apenas esquecer de todo a sua vida passada, apagar completamente os vestígios desses tempos de loucura, para casar-se com aquela menina e dar-lhe a sua alma pura e sem mancha.

Já não era o mesmo homem: simples nos seus hábitos e na sua existência, ninguém diria que algum tempo ele tinha gozado de todas as voluptuosidades do luxo; parecia um moço pobre e modesto, vivendo do seu trabalho e ignorando inteiramente os cômodos da riqueza.

Como o amor purifica, D...! Como dá forças para vencer instintos e vícios contra os quais a razão, a amizade e os seus conselhos severos foram impotentes e fracos!

Creia que se algum dia me metesse a estudar as altas questões sociais que preocupam os grandes políticos, havia de cogitar alguma coisa sobre essa força invencível do mais nobre dos sentimentos humanos.

Não há aí um sistema engenhoso que pretende regenerar o homem pervertido, fazendo-lhe germinar o arrependimento por meio da pena e despertando-lhe os bons instintos pelo isolamento e pelo silêncio?

Por que razão há de procurar-se aquilo que é contra a natureza e desprezar-se o germe que Deus deu ao coração do homem para regenerá-lo e purificá-lo?

Perdão, minha prima; não zombe das minhas utopias sociais; desculpe-me esta distração; volto ao que sou — simples e fiel narrador de uma pequena história.

Em amor, dois meses depressa se passam; os dias são momentos agradáveis e as horas flores que os amantes desfolham sorrindo.

Por fim chegou a véspera do casamento que se devia fazer simplesmente em casa, na presença de um ou dois amigos; o moço, fatigado dos prazeres ruidosos, fazia agora de sua felicidade um mistério.

Nenhum dos seus conhecidos sabia de seus projetos; ocultava o seu tesouro, com medo que lho roubassem; escondia a flor do sentimento que tinha dentro d'alma, receando que o bafejo do mundo onde vivera a viesse crestar.

A noite passou-se simplesmente como as outras; apenas notava-se em D. Maria uma atividade que não lhe era habitual.

A boa senhora, que exigira como condição que seus dois filhos ficassem morando com ela para alegrarem a sua solidão e a sua viuvez, temia que alguma coisa faltasse à festa simples e íntima que devia ter lugar no dia seguinte.

De vez em quando erguia-se e ia ver se tudo estava em ordem, se não havia esquecido alguma coisa; e parecia-lhe que voltava aos primeiros anos da sua infância, repassando na memória esse dia, que uma mulher não esquece nunca.

Nele se passa o maior acontecimento de sua vida; ou realiza-se um sonho de ventura, ou murcha para sempre uma esperança querida que se guarda no fundo do coração; pode ser o dia da felicidade ou da desgraça, mas é sempre uma data notável no livro da vida.

No momento da partida, quando Jorge se levantou, D. Maria, que compreendia o que essas duas almas tinham necessidade de dizer-se mutuamente, retirou-se.

Os dois amantes apertaram-se as mãos e olharam-se com um desses olhares longos, fixos e ardentes que parecem embeber a alma nos seus raios límpidos e brilhantes.

Tinham tanta coisa a dizer e não proferiram uma palavra; foi só depois de um comprido silêncio que Jorge murmurou quase imperceptivelmente:

—Amanhã...

Carolina sorriu, enrubescendo; aquele *amanhã* exprimia a felicidade, a realização desse belo sonho cor-de-rosa que havia durado dois meses; a linda e inocente menina, que amava com toda a pureza de sua alma, não tinha outra resposta.

Sorriu e corou.

Jorge desceu lentamente a ladeira e, ao quebrar a rua, voltou-se ainda uma vez para lançar um olhar à casa.

Uma luz brilhava nas trevas entre as cortinas do quarto de sua noiva; era a estrela do seu amor, que brevemente devia transformar-se em *lua de mel*.

Deve fazer uma ideia, minha prima, do que será a véspera do casamento para um homem que ama.

A alma, a vida, pousa no umbral dessa nova existência que se abre e daí lança um volver para o passado e procura devassar o futuro.

Aquém a liberdade, a isenção, a tranquilidade de espírito, que se despedem do homem; além a família, os gozos íntimos, o lar doméstico, esse santuário das verdadeiras felicidades do mundo que acenam de longe.

No meio de tudo isto, a dúvida e a incerteza, essas inimigas dos prazeres humanos, vêm agitar o espírito e toldar o céu brilhante das esperanças que sorriem.

O futuro valerá o passado?

E nessa questão louca e insensata debate-se o pensamento, como se a prudência e sabedoria humana pudessem dar-lhe uma solução, como se os cálculos da previdência fossem capazes de resolver o problema.

É isto pouco mais ou menos o que se passava no espírito de Jorge, quando caminhava pela praia da Glória, seguindo o caminho de sua casa.

Davam dez horas no momento em que o moço chegava à rua de Matacavalos, à porta de um pequeno sobrado, onde habitava, depois da sua retirada do mundo.

Ao entrar, o escravo preveniu-lhe que uma pessoa o esperava no seu gabinete; o moço subiu apressadamente e dirigiu-se ao lugar indicado.

A pessoa que lhe fazia essa visita fora de horas era seu antigo tutor, o amigo de seu pai, a quem por algum tempo substituiu com a sua amizade sincera e verdadeira.

O sr. Almeida era um velho de têmpera antiga, como se dizia há algum tempo a esta parte; os anos haviam aumentado a gravidade natural de sua fisionomia.

Conservava ainda toda a energia do caráter, que se revelava na vivacidade do olhar e no porte firme de sua cabeça calva.

—A sua visita a estas horas… disse o moço, entrando.

—Admira-o? perguntou o sr. Almeida.

— Certamente; não porque isto não me dê prazer; mas acho extraordinário.

— E com efeito o é; o que me trouxe aqui não foi o simples desejo de fazer-lhe uma visita.

— Então houve um motivo imperioso?

— Bem imperioso.

— Neste caso, disse o moço, diga-me de que se trata, sr. Almeida; estou pronto a ouvi-lo.

O velho tomou uma cadeira, sentou-se à mesa que havia no centro do gabinete e, aproximando um pouco de si o candeeiro que esclarecia o aposento, tirou do bolso uma dessas grandes carteiras de couro da Rússia, que colocou defronte de si.

O moço, preocupado por este ar grave e solene, sentou-se em face e esperou com inquietação a decifração do enigma.

— Chegando a casa há pouco, entregaram-me uma carta sua, em que me participava o seu casamento.

— Não o aprova? perguntou o moço inquieto.

— Ao contrário, julgo que dá um passo acertado; e é com prazer que aceito o convite que me fez de assistir a ele.

— Obrigado, sr. Almeida.

— Não é isto, porém, que me trouxe aqui; escute-me.

O velho recostou-se na cadeira e, fitando os olhos no moço, considerou-o um momento, como quem procurava a palavra por que devia continuar a conversa.

— Meu amigo, disse o sr. Almeida, há cinco anos que seu pai faleceu.

— Trata-se de mim então? perguntou Jorge, cada vez mais inquieto.

— Do senhor e só do senhor.

— Mas o que sucedeu?

— Deixe-me continuar. Há cinco anos que seu pai faleceu; e há três que, tendo o senhor completado a sua maioridade, eu, a quem o meu melhor amigo havia confiado a sorte de seu filho, entreguei-lhe toda a sua herança, que administrei durante dois anos com o zelo que me foi possível.

— Diga antes com uma inteligência e uma nobreza bem raras nos tempos de hoje.

— Não houve nada de louvável no que pratiquei; cumpri apenas o meu dever de homem honesto e a promessa que fiz a um amigo.

— A sua modéstia pode ser dessa opinião; porém a minha amizade e o meu reconhecimento pensam diversamente.

— Perdão; não percamos tempo em cumprimentos. A fortuna que lhe deixara seu pai e que ele ajuntara durante trinta anos de trabalho e de privações, consistia em cem apólices e na sua casa comercial, que representava um capital igual, ainda mesmo depois de pagas as dívidas.

— Sim, senhor, graças à sua inteligente administração, achava-me possuidor de duzentos contos de réis, a que dei bem mau emprego, confesso.

— Não desejo fazer-lhe exprobrações; o senhor não é mais meu pupilo, é um homem; já não lhe posso falar com autoridade de um segundo pai, mas simplesmente com a confiança de um velho amigo.

— Mas um amigo que me merecerá sempre o maior respeito.

— Infelizmente o senhor não tem dado provas disto; durante perto de um ano acompanhei-o como uma sombra, importunei-o com os meus conselhos, abusei dos meus direitos de amigo de seu pai e tudo isto foi debalde.

— É verdade, disse o moço, abaixando tristemente a cabeça, para vergonha minha é verdade!

—A vida elegante o atraía, a ociosidade o fascinava; o senhor lançava pela janela às mãos-cheias o ouro que seu pai havia ajuntado real a real.

— Basta; não me lembre esse tempo de loucura que eu desejava riscar da minha vida.

— Conheço que o incomodo; mas é preciso. Durante este primeiro ano, em que ainda tive esperanças de o fazer voltar à razão, não houve meio que não empregasse, não houve estratagema de que não lançasse mão. Responda-me, não é exato?

—Alguma vez o neguei?

— Diga-me do fundo da sua consciência: julga que um pai no desespero podia fazer mais por um filho do que eu fiz pelo senhor?

— Juro que não! disse Jorge, estendendo a mão.

— Pois bem, agora é preciso que lhe diga tudo.

—Tudo?...

— Sim; ainda não concluí. Os seus desvarios de três anos arruinaram a sua fortuna.

— Eu o sei.

— As suas apólices voaram umas após outras e foram consumidas em jantares, prazeres e jogos.

— Resta-me, porém, a minha casa comercial.

— Resta-lhe, continuou o velho, carregando sobre esta palavra, a sua casa comercial, mas três anos de má administração deviam naturalmente ter influído no estado dessa casa.

— Parece-me que não.

— Sou negociante e sei o que é o comércio. Depois que o vi finalmente voltar à vida regrada, quis ocupar-me de novo dos seus negócios; indaguei, informei-me e ontem terminei o exame da sua escrituração, que obtive de seus caixeiros quase que por um abuso de confiança. O resultado tenho-o aqui.

O velho pousou a mão sobre a carteira.

— E então? perguntou Jorge com ansiedade.

O sr. Almeida, fitando no moço um olhar severo, respondeu lentamente à sua pergunta inquieta:

— O senhor está pobre!

IV

Para um homem habituado aos cômodos da vida, a essa existência da gente rica, que tem a chave de ouro que abre todas as portas, o talismã que vence todos os impossíveis, essa palavra *pobre* é a desgraça, é mais do que a desgraça, é uma fatalidade.

A miséria com o seu cortejo de privações e de desgostos, a humilhação de uma posição decaída, a terrível necessidade de aceitar, senão a caridade, ao menos a benevolência alheia, tudo isto desenhou-se com as cores mais carregadas no espírito do moço à simples palavra que seu tutor acabava de pronunciar.

Contudo, como já se havia de alguma maneira preparado para uma vida laboriosa pelo tédio que lhe deixaram os seus anos de loucura, aceitou com uma espécie de resignação o castigo que lhe dava a Providência.

— Estou pobre, disse ele, respondendo ao sr. Almeida, não importa; sou moço, trabalharei e, como meu pai, hei de fazer fortuna.

O velho abanou a cabeça com uma certa ironia misturada de tristeza.

— O senhor duvida? O meu passado dá-lhe direito para isso; mas um dia lhe provarei o contrário e lhe mostrarei que mereço a sua estima.

— Esta promessa ma restitui toda. Mas que conta fazer?

— Não sei; a noite me há de inspirar. Liquidarei esse pouco que me resta...

— Esse pouco que lhe resta?

— Sim.

— Não me compreendeu então; disse-lhe que estava pobre; não lhe resta senão a miséria e...

— E... balbuciou o moço, pálido e com a alma suspensa aos lábios do velho, cuja voz tinha tomado uma entonação solene ao pronunciar aquele monossílabo.

— E as dívidas de seu pai, articulou o sr. Almeida no mesmo tom.

Jorge deixou-se cair sobre a cadeira com desânimo; este último golpe o prostrara; a sua energia não resistia.

O velho cuja intenção real era impossível de adivinhar, porque às vezes tornava-se benévolo como um amigo e outras severo como um juiz, encarou-o por algum tempo com uma dureza de olhar inexprimível:

— Assim, disse ele, eis um filho que herdou um nome sem mancha e uma fortuna de duzentos contos de réis; e que, depois de ter lançado ao pó das ruas as gotas de suor da fronte de seu pai amassadas durante trinta anos, atira ao desprezo, ao escárnio e à irrisão pública esse nome sagrado, esse nome que toda a praça do Rio de Janeiro respeitava como o símbolo da honradez. Diga-me que título merece este filho?

— O de um miserável e de um infame, disse Jorge, levantando a cabeça: eu o sou! Mas a memória de meu pai, que eu venero, não pode ser manchada pelos atos de um mau filho.

— O senhor bem mostra que não é negociante.

— Não é preciso ser negociante para compreender o que é a honra e a probidade, sr. Almeida.

— Mas é preciso ser negociante para compreender até que ponto obriga a honra e a probidade de um negociante. Seu pai devia; em vez de saldar essas obrigações com a riqueza que lhe deixou, consumiu-a em prazeres; no dia em que o nome daquele que sempre fez honra à sua firma for declarado falido, a sua memória está desonrada.

— O senhor é severo demais, sr. Almeida.

— Oh! não discutamos; penso desta maneira; não sou rico, mas procurarei salvar o nome de meu amigo da desonra que seu filho lançou sobre ele.

— E o que me tocará a mim então?

— Ao senhor, disse o velho, erguendo-se, fica-lhe a miséria, a vergonha, o remorso, e, talvez mais tarde, o arrependimento.

A angústia e o desespero que se pintavam nas feições de Jorge tocavam quase à alucinação e ao desvario; às vezes era como uma atonia que lhe paralisava a circulação, outras tinha ímpetos de fechar os olhos e atirar a matéria contra a matéria, para ver se neste embate a dor física, a anulação do espírito, moderavam o profundo sofrimento que torturava sua alma.

Por fim uma ideia sinistra passou-lhe pela mente e agarrou-se a ela como um náufrago a um destroço de seu navio; o desespero tem dessas coincidências; um pensamento louco é às vezes um bálsamo consolador, que, se não cura, adormece o padecimento.

O moço ficou de todo calmo; mas era essa calma sinistra que se assemelha ao silêncio que precede as grandes tempestades.

Tudo isto se passou num momento, enquanto o sr. Almeida, com o seu sorriso irônico, abotoava até a gola da sua sobrecasaca, dispondo-se a sair.

— Estamos entendidos, senhor; pode mandar debitar-me nos seus livros pelas dívidas de seu pai. Boa noite.

— Adeus, senhor.

O velho saiu direito e firme como um homem no vigor da idade.

Jorge escutou o som de suas passadas, que ecoaram surdamente no soalho, até o momento em que a porta da casa se fechou.

Então curvou a cabeça sobre o braço, apoiado ao umbral da janela, e chorou.

Quando um homem chora, minha prima, a dor adquire um quer que seja de suave, uma voluptuosidade inexprimível; sofre-se, mas sente-se quase uma consolação em sofrer.

Vós, mulheres, que chorais a todo o momento, e cujas lágrimas são apenas um sinal de vossa fraqueza, não conheceis esse sublime requinte da alma que sente um alívio em deixar-se vencer pela dor; não compreendeis como é triste uma lágrima nos olhos de um homem.

V

Uma hora seguramente se passara depois da saída do velho.

O relógio de uma das torres da cidade dava duas horas.

Jorge conservou-se na mesma posição; imóvel com a cabeça apoiada sobre o braço, apenas se lhe percebia o abalo que produzia de vez em quando um soluço que o orgulho do homem reprimia, como que para ocultar de si mesmo a sua fraqueza.

Depois nem isto; ficou inteiramente calmo, ergueu a cabeça e começou a passear pelo aposento: a dor tinha dado lugar à reflexão; e ele podia enfim lançar um olhar sobre o passado, e medir toda a profundeza do abismo em que ia precipitar-se.

Havia apenas duas horas que a felicidade lhe sorria com todas as suas cores brilhantes, que ele via o futuro através de um prisma fascinador; e poucos instantes tinham bastado para transformar tudo isto em uma miséria cheia de vergonha e de remorsos.

As oscilações da pêndula, que na véspera respondiam alegremente às palpitações de seu coração, a bater com a esperança da ventura, ressoavam agora tristemente, como os dobres monótonos de uma campa, tocando pelos mortos.

Mas não era o pensamento dessa desgraça irreparável, imensa, que tanto o afligia; os espíritos fortes, como o seu, têm para as grandes dores um grande remédio, a resignação.

A pobreza não o acobardava; a desonra, não a temia; o que dilacerava agora a sua alma era um pensamento cruel, uma lembrança terrível:

— Carolina!...

A pobre menina, que o amava, que dormia tranquilamente embalada por algum sonho prazenteiro, que esperava com a inocência de um anjo e a paixão de uma mulher a hora dessa ventura suprema de duas almas a confundirem-se num mesmo beijo!

Podia, ele, desgraçado, miserável, escarnecido, iludir ainda por um dia esse coração e ligar essa vida de inocência e de flores à existência de um homem perdido?

Não: seria um crime, uma infâmia, que a nobreza de sua alma repelia; sentia-se bastante desgraçado, é verdade, mas essa desgraça era o resultado de uma falta, de uma bem grave falta, mas não de um ato vergonhoso.

O seu casamento, pois, não podia mais efetuar-se; o seu dever, a sua lealdade, exigiam que confessasse a D. Maria e à sua filha as razões que tornavam impossível esta união.

Sentou-se à mesa e começou a escrever com uma espécie de delírio uma carta à mãe de Carolina; mas, apenas havia traçado algumas linhas, a pena estacou sobre o papel.

— Seria matá-la! balbuciou ele.

Outra ideia lhe viera ao espírito; lembrou-se de que no estado a que tinham chegado as coisas, essa ruptura havia de necessariamente prejudicar a reputação de sua noiva.

Ele seria causa de que se concebesse uma suspeita sobre a pureza dessa menina, que havia respeitado como sua irmã, embora a amasse com uma paixão ardente; e este só pensamento paralisara a sua mão sobre o papel.

Recordou-se de que D. Maria um dia lhe havia dito:

— Jorge, a confiança que tenho na sua lealdade é tal que entreguei minha filha antes de pertencer-lhe. Lembre-se de que se o senhor mudasse de ideia, embora ela esteja pura como um anjo, o mundo a julgaria uma moça iludida. Espero que respeite em sua noiva a sua futura mulher.

E o moço reconhecia quanto D. Maria tinha razão; lembrava-se, no tempo da sua vida brilhante, que comentários não faziam seus amigos sobre um casamento rompido às vezes por motivo o mais simples.

Deixar pesar a sombra de uma suspeita sobre a pureza de Carolina, era coisa que o seu espírito nem se animava a conceber; mas iludir a pobre menina, arrastando-a a um casamento desgraçado, era uma infâmia.

Durante muito tempo o seu pensamento debateu-se nesta alternativa terrível, até que uma ideia consoladora veio restituir-lhe a calma.

Tinha achado um meio de tudo conciliar; um meio de satisfazer ao sentimento do seu coração e aos prejuízos do mundo.

Qual era este meio? Ele o guardou consigo e o concentrou no fundo d'alma; apenas um triste sorriso dizia que ele o havia achado e que sobre a dor profunda que enchia o coração, ainda pairava um sopro consolador.

Toda a noite se passou nesta luta íntima.

De manhã o moço saiu e foi ver Carolina, para receber um sorriso que lhe desse forças de resistir ao sofrimento.

A menina na sua ingênua afeição apercebeu-se da palidez do moço, mas atribuiu-a a um motivo bem diverso do que era realmente.

— Não dormiste, Jorge? perguntou ela.

— Não.

— Nem eu! disse, corando.

Ela cuidava que era só a felicidade que trazia essas *noites brancas*, que deviam depois dourar-se aos raios do amor.

Como se enganava!

De volta, Jorge dispôs tudo que era necessário para seu casamento e fechou-se no seu quarto até à tarde.

VI

Quatro pessoas se achavam reunidas na sala da casa de D. Maria.

O sr. Almeida, sempre grave e sisudo, conversava no vão de uma janela com um outro velho, militar reformado, cuja única ocupação era dar um passeio à tarde e jogar o seu voltarete[25].

O honrado negociante estava vestido em traje de cerimônia e machucava na mão esquerda um par de luvas de pelica branca, indício certo de alguma grande solenidade, como casamento ou batizado.

Os dois conversavam sobre o projeto do desmoronamento do morro do Castelo, projeto que julgavam devia estender-se a todos os morros da cidade, era um ponto este em que o reumatismo do sr. Almeida e uma antiga ferida do militar reformado se achavam perfeitamente de acordo.

As outras duas pessoas eram um sacerdote respeitável e uma encantadora menina, que esperavam sentados no sofá, a chegada de Jorge.

— Quando será o seu dia? dizia, sorrindo, o padre.

— É coisa em que nem penso! respondia a moça, com um gracioso gesto de desdém.

---

25 **voltarete**: antigo jogo de cartas para três pessoas. (N.E.)

—Ande lá! Há de pensar sempre alguma vez.

— Pois não!

E, dizendo isto, a menina suspirava, minha prima, como suspiram todas as mulheres em dia de casamento: umas desejando, outras lembrando-se e muitas arrependendo-se.

A um lado da sala estava armado um oratório simples; um Cristo, alguns círios e dois ramos de flores bastavam à religião do amor, que tem as galas e as pompas do coração.

Jorge chegou às cinco horas e alguns minutos.

O sr. Almeida apertou-lhe a mão com a mesma impassibilidade costumada, como se nada se tivesse passado entre eles na véspera.

Um observador, porém, teria reparado no olhar perscrutador que o negociante lançou ao moço, como procurando ler-lhe na fisionomia um pensamento oculto.

O padre revestiu-se dos seus hábitos sacerdotais; e Carolina apareceu na porta da sala guiada por sua mãe.

Dizem que há um momento em que toda mulher é bela, em que um reflexo ilumina o seu rosto e dá-lhe esse brilho que fascina; os franceses chamam a isto... *la beauté du diable*[26].

Há também um momento em que as mulheres belas são anjos, em que o amor casto e puro lhes dá uma expressão divina; eu, bem ou mal, chamo a isto... *a beleza do céu*.

Carolina estava em um desses momentos; a felicidade que irradiava no seu semblante, o rubor de suas faces, o sorriso que adejava nos seus lábios, como o núncio desse monossílabo que ia resumir todo o seu amor, davam-lhe uma graça feiticeira.

Envolta nas suas roupas alvas, no seu véu transparente preso à coroa de flores de laranjeira, os seus olhos negros cintilavam com um fulgor brilhante entre aquela nuvem diáfana de rendas e sedas.

Jorge adiantou-se pálido, mas calmo, e, tomando a mão de sua noiva, ajoelhou-se com ela aos pés do sacerdote.

A cerimônia começou.

No momento em que o padre disse a pergunta solene, essa pergunta que prende toda a vida, o moço estremeceu, fez um esforço e quase imperceptivelmente respondeu. Carolina, porém, abaixando os olhos e corando, sentiu que toda a sua alma vinha pousar-lhe nos lábios com essa doce palavra:

— Sim! murmurou ela.

---

26 *la beauté du diable*: do francês, "a beleza diabólica". (N.E.)

A bênção nupcial, a bênção de Deus, desceu sobre essas duas almas, que se ligavam e se confundiam.

Pouco depois desapareceram os adornos de cerimônia e na sala ficaram apenas algumas pessoas que festejavam em uma reunião de amigos e de família a felicidade de dois corações.

Jorge às vezes esforçava-se por sorrir; mas esse sorriso não iludia sua noiva, cujo olhar inquieto se fitava no seu semblante.

Entretanto a alegria de D. Maria era tão expansiva; o velho militar contava anedotas tão desengraçadas e tão chilras, que todos eram obrigados a rir e a se mostrar satisfeitos.

Jorge, mesmo à força de vontade, conseguiu dar ao seu rosto uma expressão alegre, que desvaneceu em parte a inquietação de Carolina.

Contudo havia nessa reunião uma pessoa a quem o moço não podia esconder o que se passava na sua alma, e que lia no seu rosto como um livro aberto.

Era o sr. Almeida, que às vezes se tornava pensativo como se combinasse alguma ideia que começava a esclarecer-lhe o espírito; sabia que a sua presença era naquele momento uma tortura para Jorge, mas não se resolvia a retirar-se.

Deram dez horas, termo sacramental das visitas de família; passar além, só é permitido aos amigos íntimos; é verdade que os namorados, os maçantes e os jogadores de voltarete costumam usurpar este direito.

Todas as pessoas levantaram-se, pois, e dispuseram-se a retirar-se.

O negociante, tomando Jorge pelo braço, afastou-se um pouco.

— Estimei, disse ele, que a nossa conversa de ontem não influísse sobre a sua resolução.

O moço estremeceu.

— Era uma coisa a que estava obrigada a minha honra, mas...

O sr. Almeida esperou a palavra, que não caiu dos lábios de Jorge. O moço tinha empalidecido.

— Mas?... insistiu ele.

— Queria dizer que não sou tão culpado como o senhor pensa; talvez breve tenha a prova.

O negociante sorriu.

— Boa noite, sr. Jorge.

O moço cumprimentou-o friamente.

As outras visitas tinham saído e D. Maria, sorrindo à sua filha, retirou-se com ela.

VII

Eram onze horas da noite.

Toda a casa estava em silêncio.

Algumas luzes esclareciam ainda uma das salas interiores, que fazia parte do aposento que D. Maria destinara a seus dois filhos.

Jorge, em pé no meio desta sala, de braços cruzados, fitava um olhar de profunda angústia em uma porta envidraçada através da qual se viam suavemente esclarecidas as alvas sanefas da cortina.

Era a porta do quarto de sua noiva.

Duas ou três vezes dera um passo para dirigir-se àquela porta e hesitara; temia profanar o santuário da virgindade; julgava-se indigno de penetrar naquele templo sagrado de um amor puro e casto.

Finalmente tentou um esforço supremo; revestiu-se de toda a sua coragem e atravessou a sala com um passo firme, mas lento e surdo.

A porta estava apenas cerrada; tocando-a com a sua mão trêmula, o moço abriu uma fresta e correu o olhar pelo aposento.

Era um elegante gabinete forrado com um lindo papel de cor azul-celeste, tapeçado de lã de cores mortas; das janelas pendiam alvas bambinelas de cassa[27], suspensas às lanças douradas.

A mobília era tão simples e tão elegante como o aposento: dois consolos de mármore, uma conversadeira, algumas cadeiras e o leito nupcial, que se envolvia nas longas e alvas cortinas, como uma virgem no seu véu de castidade.

Era, pois, um ninho de amor este gabinete, em que o bom gosto, a elegância e a singeleza tinham imprimido um cunho de graça e distinção que bem revelava que a mão do artista fora dirigida pela inspiração de uma mulher.

Carolina estava sentada a um canto da conversadeira, a alguns passos do leito, no vão das duas janelas; tinha a cabeça descansada sobre o recosto e os olhos fitos na porta da sala.

A menina trajava apenas um alvo roupão de cambraia atacado por alamares feitos de laços de fita cor de palha; o talhe do vestido, abrindo-se desde a cintura, deixava-se entrever o seio delicado, mal encoberto por um ligeiro véu de renda finíssima.

---

27 **bambinela**: cortina com franjas, dividida em duas partes e presa dos lados; **cassa**: tipo de tecido fino e transparente. (N.E.)

A indolente posição que tomara fazia sobressair toda a graça do seu corpo e desenhava as voluptuosas ondulações dessas formas encantadoras, cuja mimosa carnação percebia-se sob a transparência da cambraia.

Seus longos cabelos castanhos de reflexos dourados, presos negligentemente, deixavam cair alguns anéis que se espreguiçavam languidamente sobre o colo aveludado, como se sentissem o êxtase desse contato lascivo.

Descansava sobre uma almofada de veludo a ponta de um pezinho delicado, que rocegando a orla do seu roupão, deixava admirar a curva graciosa que se perdia na sombra.

Um sorriso, ou antes um enlevo, frisava os lábios entreabertos; os olhos fixos na porta vendavam-se às vezes com os seus longos cílios de seda, que, cerrando-se, davam uma expressão ainda mais lânguida ao seu rosto.

Foi em um desses momentos que Jorge entreabriu a porta e olhou: nunca vira a sua noiva tão bela, tão cheia de encanto e de sedução.

E entretanto ele, seu marido, seu amante, que ela esperava, ele, que tinha a felicidade ali, junto de si, sorriu amargamente como se lhe houvessem enterrado um punhal no coração.

Abriu a porta e entrou.

A moça teve um leve sobressalto; e, dando com os olhos no seu amante, ergueu-se um pouco sobre a conversadeira, tanto quanto bastou para tomar-lhe as mãos e engolfar-se nos seus olhares.

Que muda e santa linguagem não falavam essas duas almas, embebendo-se uma na outra! Que delícia e que felicidade não havia nessa mútua transmissão de vida entre dois corações que palpitavam um pelo outro!

Assim ficaram tempo esquecido; ambos viviam uma mesma vida, que se comunicava pelo fluido do olhar e pelo contato das mãos; pouco a pouco as suas cabeças se aproximaram, os seus hálitos se confundiram, os lábios iam tocar-se.

Jorge afastou-se de repente, como se sentisse sobre a sua boca um ferro em brasa; desprendeu as mãos e sentou-se pálido e lívido como um morto.

A menina não reparou na palidez de seu marido; toda entregue ao amor, não tinha outro pensamento, outra ideia.

Deixou cair a cabeça sobre o ombro de Jorge; e, sentindo as palpitações do seu coração sobre o seio, achava-se feliz, como se ele lhe falasse, a olhasse e lhe sorrisse.

Foi só quando o moço, erguendo docemente a fronte da menina, a depôs sobre o recosto da almofada, que Carolina olhou seu amante com surpresa e viu que alguma coisa se passava de extraordinário.

— Jorge, disse ela com a voz trêmula e cheia de angústias, tu não me amas.

— Não te amo! exclamou o moço tristemente; se tu soubesses de que sacrifícios é capaz o amor que te tenho!…

— Oh! não, continuou a moça, abanando a cabeça; tu não me amas! Vi-te todo o dia triste; pensei que era a felicidade que te fazia sério, mas enganei-me.

— Não te enganaste, não, Carolina, era a tua felicidade que me entristecia.

— Pois então saibas que a minha felicidade está em te ver sorrir. Vamos, não me ames hoje menos do que me amavas há dois meses!

— Há dois momentos, Carolina, em que o amor é mais do que uma paixão, é uma loucura; é o momento em que se possui ou aquele em que se perde o objeto que se ama.

A menina corou e abaixou os olhos sobre o tapete.

—Dize-me, tornou ela para disfarçar a sua confusão, o que sentiste hoje no momento em que as nossas duas mãos se uniram sob a bênção do padre?

Jorge estremeceu e ia soltar uma palavra que reteve; depois disse com algum esforço:

—A felicidade, Carolina.

— Pois eu senti mais do que a felicidade; quando nossas mãos se uniam tantas vezes e que nós conversávamos horas e horas, eu era bem feliz; mas hoje quando ajoelhamos, não sei o que se passou em mim; parecia-me que tudo tinha desaparecido, tu, eu, o padre, minha mãe e que só havia ali duas mãos que se tocavam, e nas quais nós vivíamos!

O moço voltou o rosto para esconder uma lágrima.

—Vem cá, continuou a moça, deixa-me apertar a tua mão; quero ver se sinto outra vez o que senti. Ah! naquele momento parecia que nossas almas estavam tão unidas uma à outra que nada nos podia separar.

A moça tomou as mãos de Jorge e, descansando a cabeça sobre o recosto da conversadeira, cerrou os olhos e assim ficou algum tempo.

— Como agora!… continuou ela, sorrindo. Se fecho os olhos, vejo-te aí onde estás. Se escuto, ouço a tua voz. Se ponho a mão no coração, sinto-te!

Jorge ergueu-se; estava horrivelmente pálido.

Caminhou pelo gabinete agitado, quase louco; a moça o seguia com os olhos; sentia o coração cerrado; mas não compreendia.

Por fim o moço chegou-se a um consolo sobre o qual havia uma garrafa de Chartreuse e dois pequenos copos de cristal. Sua noiva não percebeu o movimento rápido que ele fez, mas ficou extremamente admirada, vendo-o apresentar-lhe um dos cálices cheio de licor.

— Não gosto! disse a menina com gracioso enfado.

— Não queres então beber à minha saúde! Pois eu vou beber à tua.

Carolina ergueu-se vivamente e, tomando o cálice, bebeu todo o licor.

—Ao nosso amor!...

Jorge sorriu tristemente.

Dava uma hora da noite.

VIII

Jorge tomou as mãos de sua mulher e beijou-as.

— Carolina!

— Meu amigo!

— Sabes o meu passado: já te contei todas as minhas loucuras e tu me perdoaste todas; preciso, porém, ainda do teu perdão para uma falta mais grave do que essas, para um crime talvez!

— Dize-me: esta falta faz que não me ames? perguntou a menina um pouco assustada.

— Ao contrário, faz que te ame ainda mais, se é possível! exclamou o moço.

— Então não é uma falta, respondeu ela, sorrindo.

— Quando souberes! murmurou o moço, talvez me acuses.

—Tu não pensas no que estás dizendo, Jorge! replicou a moça sentida.

— Escuta: se eu te pedir uma coisa, não me negarás?

— Pede e verás.

— Quero que me perdoes essa falta que tu ignoras!

— Causa-te prazer isto?

— Como tu não fazes ideia! disse o moço com um acento profundo.

— Pois bem; estás perdoado.

— Não; não há de ser assim; de joelhos a teus pés.

E o moço ajoelhou-se diante de sua mulher.

— Criança! disse Carolina, sorrindo.

—Agora dize que me perdoas!

— Perdoo-te e amo-te! respondeu ela, cingindo-lhe o pescoço com os braços e apertando a sua cabeça contra o seio.

Jorge ergueu-se calmo e sossegado; porém ainda mais pálido. Carolina deixou-se cair sobre a conversadeira; suas pálpebras cerravam-se a seu pesar; pouco depois tinha adormecido.

O moço tomou-a nos braços e deitou-a sobre o leito, fechando as alvas cortinas; depois foi sentar-se na conversadeira e colocou o seu relógio sobre uma banquinha de charão[28].

Assim, com a cabeça apoiada sobre a mão e os olhos fitos nas pequenas agulhas de aço que se moviam sobre o mostrador branco, passou duas horas.

Cada instante, cada oscilação, era um ano que fugia, um mundo de pensamento que se abismava no passado.

Quando o ponteiro, devorando o último minuto, marcou quatro horas justas, ele ergueu-se.

Tirou do bolso uma carta volumosa e deitou-a sobre o consolo de mármore.

Abriu as cortinas do leito e contemplou Carolina, que dormia, sorrindo talvez à imagem dele, que em sonho lhe aparecia.

O moço inclinou-se e colheu com os lábios esse sorriso; era o seu beijo nupcial.

Tornou a fechar as cortinas e entrou na sala onde estivera a princípio, aí abriu uma janela e saltou no jardim.

Seguiu pela ladeira abaixo; a noite estava escura ainda; mas pouco faltava para amanhecer.

Debaixo da janela esclarecida do aposento de Carolina destacou-se um vulto que seguiu o moço a alguns passos de distância.

A pessoa, qualquer que ela fosse, não desejava ser conhecida; estava envolvida em uma capa escura e tinha o maior cuidado em abafar o som de suas pisadas.

Jorge ganhou a rua da Lapa, seguiu pelo Passeio Público e dirigiu-se à praia de Santa Luzia.

O dia vinha começando a raiar; e o moço, que temia ver esvaecerem-se as sombras da noite antes de ter chegado ao lugar para onde se dirigia, apressava o passo.

O vulto o acompanhava sempre a alguma distância, tendo o cuidado de caminhar do lado do morro, onde a escuridão era mais intensa.

Quando Jorge chegou ao lugar onde hoje se eleva o hospital da Misericórdia, esse lindo edifício que o Rio de Janeiro deve a José Clemente Pereira[29], o horizonte se esclarecia com os primeiros clarões da alvorada.

---

28 **charão**: espécie de verniz preto ou vermelho que se aplica sobre objetos de madeira e couro. (N.E.)

29 **José Clemente Pereira**: político brasileiro (1787-1854), também conhecido como José Pequeno, que apoiou a construção da Santa Casa de Misericórdia. (N.E.)

Um espetáculo majestoso se apresentava diante de seus olhos; aos toques da luz do sol parecia que essa baía magnífica se elevava do seio da natureza com os seus rochedos de granito, as suas encostas graciosas, as suas águas límpidas e serenas.

O moço deu apenas um olhar a esse belo panorama e continuou o seu caminho.

O vulto que o seguia tinha desaparecido.

IX

O Rio de Janeiro ainda se lembra da triste celebridade que, há dez anos passados, tinha adquirido o lugar onde está hoje construído o hospital da Santa Casa.

Houve um período em que quase todas as manhãs os operários encontravam em algum barranco ou entre os cômoros[30] de pedra e de areia, o cadáver de um homem que acabara de pôr termo à sua existência.

Outras vezes ouvia-se um tiro; os serventes corriam e apenas achavam uma pistola ainda fumegante, um corpo inanimado e, sobre ele, alguma carta destinada a um amigo, a um filho ou a uma esposa.

Amantes infelizes, negociantes desgraçados, pais de família carregados de dívidas, homens ricos caídos na miséria, quase todos aí vinham, trazidos por um ímã irresistível, por uma fascinação diabólica.

As *Obras da Misericórdia*, como chamavam então este lugar, tinham a mesma reputação que o *Arco das Águas Livres* de Lisboa e a *Ponte Nova* de Paris.

Era o templo do suicídio, onde a fragilidade humana sacrificava em holocausto a esse ídolo sanguinário tantas vítimas arrancadas às suas famílias e aos seus amigos.

Essa epidemia moral, que se agravava todos os dias, começava já a inquietar alguns espíritos refletidos, alguns homens pensadores, que viam com tristeza os progressos do mal.

Procurava-se debalde a causa daquela aberração fatal da natureza e não era possível explicá-la.

Não tínhamos, como a Inglaterra, esse manto de chumbo, que pesa sobre a cabeça dos filhos da Grã-Bretanha; esse lençol de névoa e de vapores, que os envolve como uma mortalha.

---

30 **cômoro**: pequena elevação de terreno; duna. (N.E.)

Não tínhamos, como a Alemanha, o idealismo vago e fantástico, excitado pelas tradições da média idade e, modernamente, pelo romance de Goethe[31], que tão poderosa influência exerceu nas imaginações jovens.

Ao contrário, o nosso céu, sempre azul, sorria àqueles que o contemplavam; a natureza brasileira, cheia de vigor e de seiva, cantava a todo o momento um hino sublime à vida e ao prazer.

O gênio brasileiro, vivo e alegre no meio dos vastos horizontes que o cercam, sente-se tão livre, tão grande, que não precisa elevar-se a essas regiões ideais em que se perde o espírito alemão.

Nada enfim explicava o fenômeno moral que se dava então na população desta corte; mas todos o sentiam e alguns se impressionavam seriamente.

Era fácil, pois, naquela época, adivinhar o motivo que levava Jorge às quatro horas da manhã ao lugar onde se abriam os largos alicerces do grande hospital de Santa Luzia.

O moço afastou-se da praia e desapareceu, por detrás de alguns montes de areia que se elevavam aqui e ali pelo campo.

Meia hora depois ouviram-se dois tiros de pistola; os trabalhadores que vinham chegando para o serviço, correram ao lugar donde partira o estrondo e viram sobre a areia o corpo de um homem, cujo rosto tinha sido completamente desfigurado pela explosão da arma de fogo.

Um dos guardas meteu a mão no bolso da sobrecasaca e achou uma carteira, contendo algumas notas pequenas, e uma carta apenas dobrada, que ele abriu e leu:

"Peço a quem achar o meu corpo o faça enterrar imediatamente, a fim de poupar à minha mulher e aos meus amigos esse horrível espetáculo. Para isso achará na minha carteira o dinheiro que possuo.

"JORGE DA SILVA

"5 de setembro de 1844."

Uma hora depois a autoridade competente chegou ao lugar do suicídio e, tomando conhecimento do fato, deu as providências para que se cumprisse a última vontade do finado.

O trabalho continuou entre as cantilenas monótonas dos pretos e dos serventes, como se nada de extraordinário se houvesse passado.

---

31 **Goethe:** Johann Wolfgang von Goethe (1749-1832), escritor romântico alemão. Algumas de suas obras foram consideradas responsáveis por um grande número de suicídios. (N.E.)

X

Cinco anos decorreram depois dos tristes acontecimentos que acabamos de narrar.

Estamos na Praça do Comércio.

Naquele tempo não havia, como hoje, corretores e zangões, atravessadores, agiotas, vendedores de dividendos, roedores de cordas, emitidores de ações; todos esses tipos modernos, importados do estrangeiro e aperfeiçoados pelo talento natural.

Em compensação, porém, ali se faziam todas as transações avultadas; aí se tratavam todos os negócios importantes com uma lisura e uma boa-fé que se tornou proverbial à praça do Rio de Janeiro.

Eram três horas da tarde.

A praça ia fechar-se; os negócios do dia estavam concluídos; e dentro das colunas que formam a entrada do edifício, poucas pessoas ainda restavam.

Entre estas notava-se um negociante, que passeava lentamente ao comprido do saguão, e que por momentos chegava-se à calçada e lançava um olhar pela rua Direita.

Era um moço que teria quando muito trinta anos, de alta estatura e de um porte elegante, à primeira vista parecia estrangeiro.

Tinha uma dessas feições graves e severas que impõem respeito e inspiram ao mesmo tempo a afeição e a simpatia. Sua barba, de um louro cinzento, cobria-lhe todo o rosto e disfarçava os seus traços distintos.

A fronte larga e reflexiva, um pouco curvada pelo hábito do trabalho e da meditação, e o seu olhar fixo e profundo, revelavam uma vontade calma, mas firme e tenaz.

A expressão de tristeza e ao mesmo tempo de resignação que respirava nessa fisionomia, devia traduzir a sua vida; ao menos fazia pressentir na sua existência o predomínio de uma necessidade imperiosa, de um dever, talvez de uma fatalidade.

Ninguém na praça conhecia esse moço, que aí aparecera havia pouco tempo; mas as suas maneiras eram tão finas, os seus negócios tão claros e sempre à vista, as suas transações tão lisas, que os negociantes nem lhe perguntavam o seu nome para aceitarem o objeto que ele lhes oferecia.

Todas as pessoas já tinham partido e ficara apenas o moço, que sem dúvida esperava alguém; entretanto, ou porque ainda não tivesse chegado a hora aprazada, ou porque já estivesse habituado a constranger-se, não dava o menor sinal de impaciência.

Finalmente a pessoa esperada apontou na entrada da rua do Sabão e aproximou-se rapidamente.

A senhora, que talvez tenha imaginado um personagem de grande importância vai decerto sofrer uma decepção quando souber que o desconhecido era apenas um mocinho de dezenove para vinte anos.

Um observador ou um homem prático, o que vale a mesma coisa, reconheceria nele à primeira vista um desses *virtuosi*[32] do comércio, como então havia muitos nesta boa cidade do Rio de Janeiro.

A classificação é nova e precisa uma explicação.

A lei, a sociedade e a polícia estão no mau costume de exigir que cada homem tenha uma profissão; donde provém esta exigência absurda não sei eu, mas o fato é que ela existe, contra a opinião de muita gente.

Ora, não é uma coisa tão fácil, como se supõe, o ter uma profissão. Apesar do novo progresso econômico da divisão do trabalho, que multiplicou infinitamente as indústrias e, por conseguinte, as profissões, a questão ainda é bem difícil de resolver para aqueles que não querem trabalhar.

Ter uma profissão quando se trabalha, isto é simples e natural, mas ter uma profissão honesta e decente sem trabalhar, eis o *sonho dourado* de muita gente, eis o problema de Arquimedes[33] para certos homens que seguem a religião do *dolce far niente*[34].

O problema se resolveu simplesmente.

Há uma profissão, cujo nome é tão vago, tão genérico, que pode abranger tudo. Falo da profissão de *negociante*.

Quando um moço não quer abraçar alguma profissão trabalhosa, diz-se negociante, isto é, ocupado em tratar dos seus negócios.

Um maço de papéis na algibeira, meia hora de estação na Praça do Comércio, ar atarefado, são as condições do ofício.

Mediante estas condições o nosso homem é tido e havido como negociante; pode passear pela rua do Ouvidor, apresentar-se nos salões e nos teatros.

Quando perguntarem quem é este moço bem-vestido, elegante, de maneiras tão afáveis, responderão — É um *negociante*.

Eis o que eu chamo *virtuosi* do comércio, isto é, homens que cultivam a indústria mercantil por curiosidade, por simples desfastio, para ter uma profissão.

---

32 **virtuosi**: plural de *virtuoso*, do italiano; designa pessoa com talento fora do comum. (N.E.)

33 **Arquimedes**: matemático e inventor grego (c. 287 a.C.-c. 212 a.C.) que, segundo a tradição, ao encontrar a resposta para um problema de física, saiu do banho nu, gritando "eureka! eureka!" (achei! achei!) (N.E.)

34 *dolce far niente*: do italiano, "doce não fazer nada, doce ociosidade". (N.E.)

É tempo de voltar dessa longa digressão, que a senhora deve ter achado muito aborrecida.

O mocinho negociante, tendo chegado à Praça do Comércio, tomou o braço da pessoa que o esperava, dizendo-lhe:

— Está tudo arranjado.

— Seriamente? exclamou o outro moço, cujos olhos brilharam de alegria.

— Pois duvidas!

— Então amanhã...

— Ao meio-dia.

— Obrigado! disse o moço, apertando a mão de seu companheiro com efusão.

— Obrigado, por quê? O que fiz vale a pena de agradecer? Ora, adeus!... Vem jantar comigo.

— Não, acompanho-te até lá; mas preciso estar às quatro horas em minha casa.

Os dois moços de braço dado dobraram o canto da rua Direita.

XI

Seguiram pela rua do Ouvidor.

— Não sei que interesse, dizia o nosso negociante, continuando a conversa; não sei que interesse tens tu, Carlos, em resgatares aquela letra[35]!

— É uma especulação que algum dia te explicarei, Henrique, e na qual espero ganhar.

— É possível, respondeu o outro, mas permitirás que duvide.

— Por quê?

— Ora, é boa! uma letra de um homem já falecido, de uma firma falida! Aposto que não sabias disto?!

— Não; não sabia! disse Carlos, sorrindo amargamente.

— Pois então deixa contar-te a história.

— Em outra ocasião.

— Por que não agora? Reduzo-te isto a duas palavras, visto que não estás disposto a escutar-me.

— Mas...

---

35 **letra**: documento que atesta um tipo de obrigação comercial, como uma dívida. (N.E.)

—Trata-se de um negociante rico, que faleceu, deixando ao filho coisa de trezentos contos de réis e algumas dívidas, na importância de um terço dessa quantia. O filho gastou o dinheiro e deixou que protestassem as letras aceitas pelo pai, o qual, apesar de morto, foi declarado falido.

Enquanto seu companheiro falava, Carlos se tinha tornado lívido; conhecia-se que uma emoção poderosa o dominava, apesar do esforço de vontade com que procurava reprimi-la.

— E esse filho... o que fez? perguntou com voz trêmula.

— O sujeito, depois de ter-se divertido à larga, quando se viu pobre e desonrado, enfastiou-se da vida e fez viagem para o outro mundo.

— Suicidou-se?

— É verdade; mas o interessante foi que na véspera de sua morte se tinha casado com uma menina lindíssima.

— Conheces?

— Ora! quem não conhece a *Viuvinha* no Rio de Janeiro? É a moça mais linda, a mais espirituosa e a mais *coquette* dos nossos salões.

A conversa foi interrompida, os dois amigos caminharam por algum tempo sem trocarem palavra.

Carlos ficara triste e pensativo; o seu rosto tinha neste momento uma expressão de dor e resignação que revelava um sofrimento profundo, mas habitual.

Quanto ao seu companheiro, fumava o seu charuto, olhando para todas as vidraças de lojas por onde passava e apreciando essa exposição constante de objetos de gosto, que já naquele tempo tornava a rua do Ouvidor o passeio habitual dos curiosos.

De repente soltou uma exclamação e apertou com força o braço de seu amigo.

— O que é? perguntou este.

— Nada mais a propósito! Ainda há pouco falamos dela, e ei-la!

— Onde? exclamou Carlos, estremecendo.

— Não a viste entrar na loja do Wallerstein[36]?

— Não; não vi ninguém.

— Pois verás.

Com efeito, uma moça vestida de preto, acompanhada por uma senhora já idosa, havia entrado na loja do Wallerstein.

A velha nada tinha de notável e que a distinguisse de uma outra qualquer velha; era uma boa senhora que fora jovem e bonita e que não sabia o que fazer do tempo que outrora levava a enfeitar-se.

---

36 **loja do Wallerstein**: uma das lojas mais conhecidas e luxuosas do Rio de Janeiro na época. (N.E.)

A moça, porém, era um tipo de beleza e de elegância. As linhas do seu rosto tinham uma pureza admirável.

Nos seus olhos negros e brilhantes radiava o espírito da mulher cheio de vivacidade e de malícia. Nos seus lábios mimosos brincava um sorriso divino e fascinador.

Os cabelos castanhos, de reflexos dourados, coroavam sua fronte como um diadema, do qual se escapavam dois anéis, que deslizavam pelo seu colo soberbo.

Trajava um vestido de cetim preto, simples e elegante; não tinha um ornato, nem uma flor, nem outro enfeite, que não fosse dessa cor triste, que ela parecia amar.

Essa extrema simplicidade era o maior realce da sua beleza deslumbrante. Uma joia, uma flor, um laço de fita, em vez de enfeitá-la, ocultariam uma das mil graças e mil perfeições que a natureza se esmerara em criar nela.

Os dois moços pararam à porta do Wallerstein; enquanto seu amigo olhava a moça com o desplante[37] dos homens do tom, Carlos, através da vidraça, contemplava com um sentimento inexprimível aquela graciosa aparição.

Os caixeiros do Wallerstein desdobraram sobre o balcão todas as suas mais ricas e mais delicadas novidades, todas as invenções do luxo parisiense, verdadeiro demônio tentador das mulheres.

A cada um desses objetos de gosto, a cada uma das mimosas fantasias da moda, ela sorria com desdém e nem sequer as tocava com a sua alva mãozinha, delicada como a de uma menina.

As fascinações do luxo, as bonitas palavras dos caixeiros e as instâncias de sua mãe, tudo foi baldado. Ela recusou tudo e contentou-se com um simples vestido preto e algumas rendas da mesma cor, como se estivesse de luto, ou se preparasse para as festas da *Semana Santa*.

—Assim, depois de cinco anos, disse-lhe sua mãe em voz baixa, persistes em conservar este luto constante.

A Viuvinha sorriu.

— Não é luto, minha mãe: é gosto. Tenho paixão por esta cor; parece-me que ela veste melhor que as outras.

— Não digas isto, Carolina; pois o azul desta seda não te assenta perfeitamente?

— Já gostei do azul; hoje o aborreço! É uma cor sem significação, uma cor morta.

— E o preto?

---

37 **desplante**: ousadia, atrevimento, insolência. (N.E.)

— Oh! O preto é alegre!

— Alegre! exclamou um caixeiro, admirado dessa opinião original em matéria de cor.

— Eu pelo menos o acho, replicou a moça, tomando de repente um ar sério: é a cor que me sorri.

Esta conversa durou ainda alguns minutos.

Poucos instantes depois, as duas senhoras saíram e o carro que as esperava à porta desapareceu no fim da rua.

Carlos despediu-se do seu companheiro.

— Então amanhã sem falta!

— Ah! Ainda insistes no negócio?

— Mais do que nunca!

— Bem. Já que assim o queres...

— Posso contar contigo?

— Como sempre.

— Obrigado.

Henrique continuou a arruar, fazendo horas para o jantar.

Carlos dobrou a rua dos Ourives e dirigiu-se a casa. Morava em um pequeno sótão de segundo andar no fim da rua da Misericórdia.

XII

A razão por que o moço, saindo da rua Direita, dera uma grande volta para recolher-se não fora unicamente o desejo de acompanhar Henrique. Havia outro motivo mais sério.

Ele ocultava a sua morada a todos; o que, aliás lhe era fácil, porque depois de dois anos que estava no Rio de Janeiro não tinha amigos e bem poucos eram os seus conhecidos.

Havia muito de inglês no seu trato. Quando fazia alguma transação ou discutia um negócio, era de extrema polidez. Concluída a operação, cortejava o negociante e não o conhecia mais. O homem tornava-se para ele uma obrigação, um título, uma letra de câmbio.

De todas as pessoas que diariamente encontrava na praça, Henrique era o único com quem entretinha relações e essas mesmas não passavam de simples cortesia.

Entrando no seu aposento, Carlos fechou a porta de novo; e, sentando-se em um tamborete que havia perto da carteira, escondeu a fronte nas mãos com um gesto de desespero.

O aposento era de uma pobreza e nudez que pouco distava da miséria. Entre as quatro paredes que compreendiam o espaço de uma braça esclarecido por uma janela estreita, via-se a cama de lona pobremente vestida, uma mala de viagem, a carteira e o tamborete.

Nos umbrais da porta, dois ganchos que serviam de cabide. Na janela, cuja soleira fazia as vezes de lavatório, estavam o jarro e a bacia de louça branca, uma bilha d'água e um copo com um ramo de flores murchas. Junto à cama, em uma cantoneira, um castiçal com uma vela e uma caixa de fósforos. Sobre a carteira, papéis e livros de escrituração mercantil.

Era toda a mobília.

Quando, passado um instante, o moço ergueu a cabeça, tinha o rosto banhado de lágrimas.

— Era um crime, murmurou ele, mas era um grande alívio!... Coragem!

Enxugou as lágrimas e, recobrando a calma, abriu a carteira e dispôs-se a trabalhar. Tirou do bolso um maço de títulos e bilhetes no valor de muitos contos de réis, contou-os e escondeu tudo em uma gaveta de segredo; depois tomou nos seus livros notas das transações efetuadas naquele dia.

Fora um dia feliz.

Tinha realizado um lucro líquido de 6:000$000. Não havia engano; os algarismos ali estavam para demonstrá-lo: os valores que guardava eram a prova.

Mas essa pobreza, essa miséria que o rodeava e que revelava uma existência penosa, falta de todos os cômodos, sujeita a duras necessidades? Seria um avarento?...

Era um homem arrependido que cumpria a penitência do trabalho, depois de ter gasto o seu tempo e os seus haveres em loucuras e desvarios. Era um filho da riqueza, que, tendo esbanjado a sua fortuna, comprava, com sacrifício do seu bem-estar, o direito de poder realizar uma promessa sagrada.

Se era avareza, pois, era a avareza sublime da honra e da probidade; era a abnegação nobre do presente para remir a culpa do passado. Haverá moralista, ainda o mais severo, que condene semelhante avareza? Haverá homem de coração, que não admire essa punição imposta pela consciência ao corpo rebelde e aos instintos materiais que arrastam ao vício?

Terminadas as suas notas, esse homem, que acabava de guardar uma soma avultada, que naquele mesmo dia tinha ganho 6:000$000 líquidos, abriu uma gaveta, tirou quatro moedas de cobre, meteu-as no bolso do colete e dispôs-se a sair.

Aquelas quatro moedas de cobre eram um segredo da expiação corajosa, da miséria voluntária a que se condenara um moço que sentia a sede do gozo e tinha ao alcance da mão com que satisfazer por um mês, talvez por um ano, todos os caprichos de sua imaginação.

Aquelas quatro moedas de cobre eram o preço do seu jantar; eram a taxa fixa e invariável da sua segunda refeição diária; eram a esmola que a sua razão atirava ao corpo para satisfação da necessidade indeclinável da alimentação.

Os ricos e mesmo os abastados vão admirar-se, por certo, de que um homem pudesse jantar no Rio de Janeiro, naquele tempo, com 160 r.^{s}, ainda quando esse homem fosse um escravo ou um mendigo. Mas eles ignoram talvez, como a senhora, minha prima, a existência dessas tascas negras que se encontram em algumas ruas da cidade, e principalmente nos bairros da Prainha e Misericórdia.

Nojenta caricatura dos hotéis e das antigas estalagens, essas locandas descobriram o meio de preparar e vender comida pelo preço ínfimo que pode pagar a classe baixa.

Quando Carlos chegou ao Rio de Janeiro, uma das coisas de que primeiro tratou de informar-se, foi do modo de subsistir o mais barato possível. Perguntou ao preto de ganho que conduzira os seus trastes, quanto pagava para jantar. O preto dispendia 80 r.^{s}. O moço decidiu que não excederia do dobro. Era o mais que lhe permitia a diferença do homem livre ao escravo.

Talvez ache a coragem desse moço inverossímil, minha prima. É possível. Compreende-se e admira-se o valor do soldado; mas esse heroísmo inglório, esse martírio obscuro, parece exceder as forças do homem.

Mas eu não escrevo um romance, conto-lhe uma história. A verdade dispensa a verossimilhança.

Acompanhemos Carlos, que desce a escada íngreme do sobrado e ganha a rua em busca da tasca onde costuma jantar.

Passando diante de uma porta, um mendigo cego dirigiu-lhe essa cantilena fanhosa que se ouve à noite no saguão e vizinhança dos teatros. O moço examinou o mendigo e, reconhecendo que era realmente cego e incapaz de trabalhar, tirou do bolso uma das moedas de cobre e entrou em uma venda para trocá-la.

O caixeiro da taverna sorriu-se com desdém desse homem que trocava uma moeda de 40 r.^{s}, e atirou-lhe com arrogância o troco sobre o balcão. O pobre, reconhecendo que a esmola era de um vintém, guardou a sua ladainha de agradecimentos para uma caridade mais generosa.

Entretanto, o caixeiro ignorava que aquela mão que agora trocava uma moeda de cobre para dar uma esmola, já atirara loucamente pela janela montões de ouro e de bilhetes do tesouro. O pobre não sabia que essa ridícula quantia que recebia era uma parte do jantar daquele que a dava e que nesse dia talvez o mendigo tivesse melhor refeição do que o homem a quem pedira a esmola.

O moço recebeu a afronta do caixeiro e a ingratidão do pobre com resignação evangélica e continuou o seu caminho. Seguiu por um desses becos escuros que da rua da Misericórdia se dirigem para as bandas do mar, cortando um dédalo de ruelas e travessas.

No meio desse beco via-se uma casa com uma janela muito larga e uma porta muito estreita.

A vidraça inferior estava pintada de uma cor que outrora fora branca e que se tornara acafelada. A vidraça superior servia de tabuleta. Liam-se em grossas letras, por baixo de um borrão de tinta e com pretensões a representar uma ave, estas palavras: *"Ao Garnizé"*.

O moço lançou um olhar à direita e à esquerda sobre os passantes e, vendo que ninguém se ocupava com ele, entrou furtivamente na tasca.

XIII

O interior do edifício correspondia dignamente à sua aparência.

A sala, se assim se pode chamar um espaço fechado entre quatro paredes negras, estava ocupada por algumas velhas mesas de pinho.

Cerca de oito ou dez pessoas enchiam o pequeno aposento: eram pela maior parte marujos, soldados ou carroceiros que jantavam.

Alguns tomavam a sua refeição agrupados aos dois e três sobre as mesas; outros comiam mesmo de pé, ou fumavam e conversavam em um tom que faria corar o próprio Santo Agostinho[38] antes da confissão.

Uma atmosfera espessa, impregnada de vapores alcoólicos e fumo de cigarro, pesava sobre essas cabeças e dava àqueles rostos um aspecto sinistro.

A luz que coava pelos vidros embaciados da janela, mal esclarecia o aposento e apenas servia para mostrar a falta de asseio e de ordem que reinava nesse couto do vício e da miséria.

No fundo, pela fresta de uma porta mal cerrada, aparecia de vez em quando a cabeça de uma mulher de 50 anos, que interrogava com os olhos os fregueses e ouvia o que eles pediam.

---

38 **Santo Agostinho:** santo católico (354-430) que se converteu depois de ter levado uma vida desregrada e boêmia. (N.E.)

Era a dona, a servente e ao mesmo tempo cozinheira dessa tasca imunda.

A cada pedido, a cabeça, coberta com uma espécie de turbante feito de um lenço de tabaco, retirava-se e, daí a pouco, aparecia um braço descarnado, que estendia ao freguês algum prato de louça azul cheio de comida, ou alguma garrafa de infusão de campeche com o nome de vinho.

Foi nesta sala que entrou Carlos.

Mas não entrou só; porque, no momento em que ia transpor a soleira, um homem que havia mais de meia hora passeava na calçada defronte da tasca, adiantou-se e deitou a mão sobre o ombro do moço.

Carlos voltou-se admirado dessa liberdade; e ainda mais admirado ficou, reconhecendo na pessoa que o tratava com tanta familiaridade o nosso antigo conhecido, o sr. Almeida.

O velho negociante não tinha mudado; conservava ainda a força e o vigor que apesar da idade animava o seu corpo seco e magro; no gesto a mesma agilidade; no olhar o mesmo brilho; na cabeça encanecida o mesmo porte firme e direito.

— Está espantado de ver-me aqui? disse o sr. Almeida, sorrindo.

— Confesso que não esperava, respondeu o moço, confuso e perturbado.

— O mal pode ocultar-se; o bem se revela sempre; acrescentou o velho em tom sentencioso.

— Que quer dizer?

— Entremos.

— Para quê?

— O senhor não ia entrar?

Carlos recuou insensivelmente da porta e, querendo esconder do velho negociante o seu nobre sacrifício fez um esforço e balbuciou uma mentira:

— Passava… por acaso… Vou ao largo do Moura…

O sr. Almeida fitou os seus olhos pequenos, mas vivos, no rosto do moço, que não pôde deixar de corar; e, apertando-lhe a mão com uma expressão significativa, disse-lhe:

— Sei tudo!

— Como? perguntou Carlos, admirado ao último ponto.

— É aqui que costuma jantar. E por isso adivinho qual tem sido a sua existência, durante estes cinco anos. Impôs-se a si mesmo o castigo da sua antiga prodigalidade; puniu o luxo de outrora com a miséria de hoje. É nobre, mas é exagerado.

— Não, senhor; é justo. O que possuo atualmente, o que adquiro com o meu trabalho, não me pertence; é um depósito, que Deus me confia, e que deve servir não só para pagar as dívidas de meu pai, como também a dívida sagrada que contraí para com uma moça inocente. Gastar esse dinheiro seria roubar, sr. Almeida.

— Bem; não argumentemos sobre isto; não se discute um generoso sacrifício: admira-se. Venha jantar comigo.

— Não posso, respondeu o moço.

— Por quê?

— Não aceito um favor que não posso retribuir.

— Quem faz o favor é aquele que aceita e não o que oferece. Demais, eu pobre, nunca me envergonhei de sentar-me à mesa de seu pai rico, acrescentou o velho com severidade.

— Desculpe!

O velho tomou o braço de Carlos e dirigiu-se com ele ao Hotel Pharoux, que naquele tempo era um dos melhores que havia no Rio de Janeiro; ainda não estava transformado em uma casa de banhos e um ninho de dançarinas.

Poucos instantes depois, estavam os dois companheiros sentados a uma das mesas do salão; e o sr. Almeida, com um movimento muito pronunciado de impaciência, instava para que o moço concordasse na escolha do jantar que ele havia feito à vista da data.

Carlos recusava com excessiva polidez os pratos esquisitos que o velho lembrava, e a todas as suas instâncias respondia, sorrindo:

— Não quero adquirir maus hábitos, sr. Almeida.

O velho reconheceu que era inútil insistir.

— Então o que quer jantar?

Carlos escolheu dois pratos.

— Somente?

— Somente.

— Não me meto mais a teimar com o senhor, respondeu o velho, olhando de encontro à luz o rubi líquido de um cálice de excelente vinho do Porto.

Serviu-se o jantar.

O sr. Almeida comeu com a consciência de um homem que paga bem e que não lastima o dinheiro gasto nos objetos necessários à vida. Satisfez o estômago e deixou apenas esse pequeno vácuo, tão difícil de encher, porque só admite a flor de um manjar saboroso ou de uma iguaria delicada.

Então, bebendo o seu último cálice de vinho do Porto, passando na boca as pontas do guardanapo, cruzou os braços sobre a mesa com ar de quem dispunha a conversar.

— Pode acender o seu charuto, não faça cerimônia.

— Já não fumo, respondeu Carlos simplesmente.

— O senhor já não é o mesmo homem. Não come, não bebe, não fuma; parece um velho da minha idade.

— Há uma coisa que envelhece mais do que a idade, sr. Almeida: é a desgraça. E além disto o senhor tem razão; não sou, nem posso ser o mesmo homem; já morri uma vez, acrescentou em voz baixa.

— Mas há de ressuscitar.

— É essa a esperança que me alimenta.

— E como vai esse negócio? perguntou o velho com interesse.

—Tem-me custado recolher as letras de meu pai; já paguei 60:000$, e amanhã devo pagar 5:000$; seis letras que me faltam não sei onde se acham. Se eu pudesse anunciar... Mas, na minha posição, receio comprometer-me.

— Pensou bem. Porém só restam por pagar essas seis letras?

— Unicamente.

— Quer saber então onde elas estão?

— É o maior favor que me pode fazer.

— Com uma condição.

— Qual?

— Que há de ouvir-me como se fosse seu pai quem lhe falasse, disse o velho, estendendo a mão.

Por toda a resposta o moço apertou, com efusão e reconhecimento, a mão leal do honrado negociante.

— Essas seis letras, disse o sr. Almeida, estão em meu poder.

—Ah!

— Lembra-se do que lhe disse, há cinco anos, na véspera do seu casamento?

— Lembro-me de tudo.

— Era minha intenção salvar a firma de meu melhor amigo... de seu pai. Mas a sua morte suposta impossibilitou-me. O passivo da casa excedia as minhas forças. Os credores reuniram-se e resolveram fazer declarar a falência.

— De um homem morto.

— É verdade. Não o pude evitar. O mais que consegui foi abafar este negócio, comprando a alguns credores mais insofridos as suas dívidas. Eis como essas letras vieram parar à minha mão.

— Obrigado, sr. Almeida, disse o moço comovido, ainda lhe devo mais esse sacrifício.

— Está enganado, respondeu o velho, querendo dar à sua voz a aspereza habitual; não fiz sacrifício; fiz um bom negócio; comprei as letras com um rebate[39] de 50%, ganho o dobro.

— Mas quando as comprou não tinha esperança de ser pago.

---

39 **rebate**: desconto que se ganha ao trocar uma letra ou título de crédito por dinheiro. (N.E.)

—Tinha confiança na sua honra e na sua coragem.

— E se eu não voltasse?

— Era uma transação malograda; a fortuna do negociante está sujeita a estes riscos.

— Felizmente, Deus ajudou-me e quis que um dia pudesse agradecer-lhe sem corar, esse benefício. O que tinha sido da sua parte uma dádiva generosa, tornou-se um empréstimo que devo pagar-lhe hoje mesmo.

— Não consinto; prometeu-me ouvir como a seu pai; eis o que ele lhe ordena pela minha voz. —Todas as suas dívidas acham-se pagas; a sua honra está salva; é tempo de voltar ao mundo.

— Mas as seis letras que estão em sua mão? interrompeu o moço.

—Aqui as tem, disse o sr. Almeida, entregando-lhe um pequeno maço.

— Devo-lhe então...

— Deve o que dei por elas; e me pagará quando lhe for possível.

—Não sei quanto lhe custaram esses títulos; sei que eles representam um valor emprestado a meu pai. O senhor podia perder; é justo que lucre.

— Bem; faça o que quiser.

— Quanto ao pagamento, posso realizá-lo imediatamente; já o teria feito se há mais tempo soubesse que esses títulos lhe pertenciam.

— Eu ocultei-os de propósito. Quando chegou dos Estados Unidos e me comunicou o que tinha feito e o que pretendia fazer, resolvi, para facilitar-lhe o cumprimento de seu dever, deixar que o senhor pagasse primeiro os estranhos.

—Agora, porém, essa dificuldade desapareceu; vamos à minha casa.

— Para quê?

— Para receber o que lhe devo.

— Não tratemos disso agora.

— Escute, sr. Almeida; depois de cinco anos de provanças e misérias, não sei o que Deus me reserva. Mas, se ainda há neste mundo felicidade para mim, antes de aceitá-la é preciso que eu tenha reparado todos os meus erros; é preciso que eu me sinta purificado pela desgraça. Uma dívida, embora o credor seja um amigo, se tornaria um remorso. Tenho dinheiro suficiente para pagá-la.

— E que lhe restará?

— Um nome honrado e a esperança.

O sr. Almeida resignou-se e acompanhou Carlos até à sua casa.

Aí, o moço abriu a carteira e, tirando os valores que há pouco havia guardado, entregou ao negociante a quantia de 30:000$ representada pelo algarismo das seis letras.

— Já lhe disse que só me deve 15:000$, disse o velho, recusando receber.

— Devo-lhe o valor integral destes títulos; se a firma de meu pai não inspirou confiança aos outros, para seu filho ela não sofre desconto.

Enquanto o sr. Almeida, mordendo os beiços, guardava as notas do banco e os bilhetes do tesouro, Carlos abria uma pequena carteira preta e, depois de beijar a firma de seu pai escrita no aceite, fechou com as outras essas últimas letras que acabava de pagar.

— Aqui está a minha fortuna, disse, sorrindo com altivez.

— Tem razão, respondeu o velho; porque aí está o mais nobre exemplo de honestidade.

— E também o mais belo testemunho de uma verdadeira amizade.

— Jorge!... exclamou o negociante, comovendo-se.

Alguns instantes depois, o sr. Almeida despediu-se do moço.

— Escuso recomendar-lhe uma coisa, disse Jorge ao negociante.

— O quê?

— A continuação do segredo. Nem uma palavra!... Quando for tempo, eu mesmo o revelarei. Ainda não sou Jorge.

— Que falta?

— Depois lhe direi.

E separaram-se.

XIV

As últimas palavras do velho negociante esclareceram um mistério que já se achava quase desvanecido.

Jorge era o verdadeiro nome desse moço que morrera para o mundo e que, durante cinco anos, vivera como um estranho sem família, sem parentes, sem amigos, ou como uma sombra errante condenada à expiação das suas faltas.

A página em que eu devia ter escrito as circunstâncias desse fato ficou em branco, minha prima; agora, porém, podemos lê-la claramente no espírito de Jorge, que, sentado à sua carteira, triste e pensativo, repassa na memória esses anos de sua vida, desde a noite do seu casamento.

Acompanhando o moço no seu sinistro passeio às obras da Santa Casa de Misericórdia, o vimos sumir-se por entre os cômoros de areia que se elevavam por toda essa vasta quadra em que está hoje assentado o hospital de Santa Luzia.

O vulto que o seguia de perto, embuçado em uma capa e tomando todas as precauções para não ser conhecido nem pressentido pelo moço, desapareceu como ele nas escavações do terreno.

Jorge, como todo homem que depois de longa reflexão toma uma resolução firme e inabalável, estava ansioso por chegar à peripécia desse drama terrível; por isso parou no primeiro lugar que lhe pareceu favorável ao seu desígnio.

Mas um espetáculo ainda mais horrível do que o seu pensamento apresentou-se a seus olhos; viu a realização dessa ideia louca que desde a véspera dominava o seu espírito.

Um infeliz, levado pela mesma vertigem, o tinha precedido; seu corpo jazia sobre a areia na mesma posição em que o surpreendera a morte instantânea, meio recostado sobre o declive do terreno.

A cabeça era uma coisa informe; o tiro fora carregado com água para tornar a explosão surda e mais violenta; as feições haviam desaparecido e não deixavam reconhecer o desgraçado.

Naturalmente quis ocultar a sua morte, para poupar à sua família o escândalo e a impressão dolorosa que sempre deixam esses atos de desespero.

Aquele espetáculo horrorizou o moço; em face da realidade de seu espírito recuou; houve mesmo um instante em que se espantou da sua loucura; e voltou o rosto para não ver esse cadáver, que parecia escarnecer dele.

Mas a lembrança do que o esperava, se voltasse, triunfou; julgou-se irremissivelmente condenado; e chamou cobardia o grito extremo da razão que sucumbia.

Tirou as suas pistolas e armou-as, sorrindo tristemente; depois ajoelhou e começou uma prece.

Desvario incompreensível da criatura que, ofendendo a Deus, ora a esse mesmo Deus! Demência extravagante do homem que pede perdão para o crime que vai cometer!

Quando o moço, terminada a sua prece, erguia as duas pistolas e ia aplicar os lábios à boca da arma assassina, o vulto que o tinha acompanhado, e que se achava nesse momento de pé, atrás dele, com um movimento rápido paralisou-lhe os braços.

Jorge ergueu-se precipitadamente, e achou-se em face do homem que se opusera à sua vontade de uma maneira tão brusca.

Era o sr. Almeida.

O velho, com a sua perspicácia e com os exemplos de tantos fatos semelhantes em uma época em que dominava a vertigem do suicídio, adivinhara as intenções do moço.

Aquela pronta resignação, aquela espécie de contradição entre os nobres sentimentos de Jorge e a calma que ele afetava, deram-lhe uma quase certeza do que ele planejava.

Não quis interrogá-lo, convencido de que lhe negaria. Resolveu espiá-lo durante aquela noite, até que pudesse avisar a Carolina do que se passava, a fim de que ela defendesse pelo amor uma vida ameaçada por loucos prejuízos.

Sua expectativa realizou-se; recostado no muro da chácara que ficava fronteira às janelas do quarto da noiva, acompanhou por entre as cortinas toda a cena noturna que descrevi; conheceu a agitação do moço, viu-o deitar algumas gotas de ópio no cálice de licor que deu à sua mulher; não perdeu nem um incidente, por menor que fosse.

Um instante, enquanto o moço meditava, com os olhos no mostrador do seu relógio, o sr. Almeida receou que ele quisesse fazer do quarto da noiva um aposento mortuário; mas respirou, quando o viu saltar na rua.

Seguiu-o e, pela direção, adivinhou o desenlace da cena de que fora espectador; preparou-se, pois, para representar também o seu papel; e por isso achava-se em face de Jorge no momento supremo em que a sua intervenção se tornara necessária.

O primeiro sentimento que se apoderou do moço, vendo o sr. Almeida, foi o do pejo; teve vergonha do que praticava e pareceu-lhe fraqueza aquilo que havia pouco julgava um ato de heroísmo.

Logo depois o despeito e o orgulho sufocaram esse bom impulso.

— Que veio fazer aqui? perguntou com arrogância.

— Evitar um crime, respondeu o velho com severidade.

— Enganou-se, disse Jorge secamente.

— Não me enganei, porque estou certo de que não há homem que depois de escutar a razão cometa semelhante loucura. Qual é o benefício que lhe pode dar a morte?

— Salvar-me da desonra.

— Uma desonra não lava outra desonra. O homem que atenta contra sua vida, é fraco e covarde…

— Sr. Almeida!

— É covarde, sim! Porque a verdadeira coragem não sucumbe com um revés; ao contrário luta e acaba por vencer. Matando-se, o senhor rouba os seus credores, porque lhes tira a última garantia que eles ainda possuem, a vida de um homem.

— E que vale esta vida?

— Vale o trabalho.

— E o sofrimento!

— É verdade; mas não temos direito de sacrificar a um pensamento egoísta aquilo que não nos pertence. Se a sua existência está condenada ao sofrimento, deve aceitar essa punição que Deus lhe impõe, e não revoltar-se contra ela.

Jorge abaixou a cabeça; não sabia o que responder àquela lógica inflexível.

— Escute, disse o velho depois de um momento de reflexão, o que teme o senhor dessa desonra que vai recair sobre a sua vida? Teme ver-se condenado a sofrer o desprezo do mundo, e sentir o escárnio e o insulto sem poder erguer a fronte e repeli-lo; teme, enfim, que a sua existência se torne um suplício de vergonha, de remorso e de humilhação! não é isto?!

— Sim! balbuciou o moço.

— Pois não é preciso cometer um crime para livrar-se dessa tortura; morra para o mundo, morra para todos, porém viva para Deus, e para salvar a sua honra e expiar o seu passado.

— Que quer dizer? perguntou o moço admirado.

— Ali está o corpo de um infeliz; é um cadáver sem nome, sem sinais que digam o que ele foi; deite sobre ele uma carta, desapareça, e, daqui a uma hora, o senhor terá deixado de existir.

— E depois?

— Depois, como um desconhecido, como um estranho que entra no mundo, tendo a lição da experiência e a alma provada pela desgraça, procure remir as suas culpas. Um dia talvez possa reviver e encontrar a felicidade.

Jorge refletiu:

— Tem razão, disse ele.

Pouco depois ouviu-se um tiro; os trabalhadores das obras que iam chegando encontraram um cadáver mutilado e a carta de Jorge; ao mesmo tempo o moço e o sr. Almeida ganhavam pelo lado oposto a praia de Santa Luzia.

Passava um bote a pouca distância de terra; o velho acenou-lhe que se aproximasse.

— O acaso nos favorece, disse ao moço; sai amanhã para os Estados Unidos um navio que me foi consignado; é melhor embarcar agora, para não excitar desconfianças; hoje mesmo lhe tirarei um passaporte.

O bote aproximou-se; o embarque nestas paragens é incômodo; mas a situação não admitia que se atendesse a isto.

Eram 9 horas quando o sr. Almeida, tendo deixado Jorge na barca americana e tendo tomado um carro na primeira cocheira, chegou à casa de D. Maria.

A boa senhora recebeu-o com um sorriso; estava sentada na sala próxima ao quarto de sua filha e esperava tranquilamente que seus filhos acordassem.

O velho, vendo aquela serena felicidade, hesitou; não teve ânimo de enlutar esse coração de mãe.

Nisto a porta do quarto abriu-se e Carolina, branca como a cambraia que vestia, apareceu na porta, tendo na mão a carta de Jorge.

A mãe soltou um grito; a filha não podia falar; e assim passou um momento de tortura, em que uma dessas dores procurava debalde adivinhar a desgraça e a outra se esforçava por achar uma palavra que a revelasse.

No dia seguinte, Jorge partia para os Estados Unidos e Carolina trocava suas vestes de noiva por esse vestido preto que nunca mais deixou.

Seria longo descrever a vida desse moço, morto para o mundo e existindo, contudo, para sofrer; durante cinco anos, alimentou-se de recordações e de uma esperança que lhe dava forças e coragem para lutar.

O amor de Carolina, talvez mais do que o sentimento da honra, o animava; trabalhou com uma constância e um ardor infatigáveis e ganhou para pagar todas as dívidas de seu pai.

Logo que se achou possuidor de uma soma avultada, Jorge preferiu vir acabar a sua expiação no seu país, onde ao menos se sentiria perto daqueles que amava.

De fato chegou ao Rio de Janeiro com o nome de Carlos Freeland; dava-se por estrangeiro; alguns, porém, julgavam que nascera no Brasil e que aí vivera muito tempo mas não se recordavam de o ter visto.

A desgraça tinha mudado completamente a sua fisionomia; do moço tinha feito um homem grave; além disso, a barba crescida ocultava a beleza dos seus traços.

O seu primeiro cuidado foi procurar o sr. Almeida e pedir-lhe que o auxiliasse no resgate das letras, que devia ser feito de modo que ninguém o suspeitasse. O que fez o velho negociante, já o sabe.

Como disse, Jorge ocultava sua vida de todos e do próprio velho; sofria corajosamente a miséria a que se condenara, mas não queria que ela tivesse uma testemunha.

O sr. Almeida, porém, surpreendera o segredo.

XV

Vou levá-la, D..., à mesma casinha do morro de Santa Teresa, onde começou esta pequena história.

São 10 horas da noite. Penetremos no interior.

D. Maria acabava de recolher-se, depois de ter beijado sua filha; toda a casa estava em silêncio; apenas havia luz no aposento de Carolina.

Esse aposento era a mesma câmara nupcial, onde cinco anos antes aquela inocente menina adormecera noiva para acordar viúva, no dia seguinte ao do seu casamento.

Nada aí tinha mudado, a não ser o coração humano.

Cinco anos que passaram por esse berço de amor, transformado de repente em um retiro de saudade, não haviam alterado nem sequer a colocação de um traste ou a cor de um ornato da sala.

Apenas o tempo empalidecera as decorações, roubando-lhes a pureza e o brilho das coisas novas e virgens; e a desgraça enlutara a rola, que se carpia viúva no seu ninho solitário.

Carolina estava sentada na conversadeira, onde na primeira e última noite de seu casamento recebera seu marido, quando este, trêmulo e pálido, se animara a transpor o limiar desse aposento, sagrado para ele como um templo.

Justamente naquele momento, esse quadro se retraçava na memória da menina com uma força de reminiscência tal que fazia reviver o passado. O seu espírito, depois de saturar-se do amargo dessas recordações, desfiava rapidamente a teia de sua existência desde aquela época.

Quer saber naturalmente o segredo dessa vida, não é, minha prima?

Aqui o tem.

Nos primeiros dias que se seguiram à catástrofe, Carolina ficou sepultada nessa letargia da dor, espécie de idiotismo pungente, em que se sofre, mas sem consciência do sofrimento.

D. Maria e o sr. Almeida, que a desgraça tinha feito amigo dedicado da família, tentaram debalde arrancar a moça a esse torpor e sonolência moral. O golpe fora terrível; aquela alma inocente e virgem, bafejada pela felicidade, sentira tão forte comoção que perdera a sensibilidade.

O tempo dissipou esse letargo. A consciência acordou e mediu todo o alcance da perda irreparável. Sentiu então a dor em toda a sua plenitude e à profunda apatia sucedeu uma irritação violenta. O desespero penetrou muitas vezes e assolou esse coração jovem.

Mas a dor, a enfermidade da alma, como a febre, a enfermidade do corpo, quando não mata nos seus acessos, acalma-se. O sofrimento, em Carolina, depois de a ter torturado muito, passou do estado agudo ao estado crônico.

Vieram então as lágrimas, as tristes e longas meditações, em que o espírito evoca uma e mil vezes a lembrança da desgraça, como uma tenta[40] que mede a profundeza da chaga, em que se acha um prazer acerbo no magoar das feridas que se abrem de novo.

---

40 **tenta**: estilete cirúrgico usado para sondar feridas profundas. (N.E.)

A pouco e pouco o que havia de amargo nessas recordações se foi adoçando: as lágrimas correram mais suaves; o seio, que o soluço arquejava, arfou brandamente a suspirar. E, como no céu pardo de uma noite escura surge uma estrela que doura o azul, a saudade nasceu n'alma de Carolina e derramou a sua doce luz sobre aquela tristeza.

Tinha decorrido um ano.

Começou a viver dentro do seu coração, com as reminiscências do seu amor, como uma sombra que se sentava a seu lado, que lhe murmurava ao ouvido palavras sempre repetidas e sempre novas. Sonhava no passado; diferente nisso das outras moças, que sonham no futuro.

Mas um coração de 15 anos é um tirano a que não há resistir; e Carolina não contara com ele.

Quando uma planta delicada nasce entre a sarça, muitas vezes o fogo queima-lhe a rama e o hastil; ela desaparece, mas não morre, que a raiz vive na terra; e às primeiras águas brota e pulula com toda a força de vegetação que incubara no tempo de sua mutilação.

O coração de Carolina fez como a planta. Apenas aberto, a desgraça o cerrara; mas veio a calma e ele tornou a abrir-se. A princípio bastou-lhe a saudade para enchê-lo; depois desejou mais, desejou tudo. Tinha sede de amor; e não se ama uma sombra.

O mundo ao longe corria às vezes o pano a uma das suas brilhantes cenas e mostrava à menina refugiada no seu retiro e na sua saudade a auréola que cinge a fronte das mulheres belas; auréola que aos outros parece brilho de luz, mas que realmente é para aquelas que a trazem, chama de fogo.

Carolina resistia, envolvendo-se na branca mortalha de seu primeiro amor; mas a tela fez-se transparente e não lhe ocultou mais o que ela não queria ver. Sentiu-se arrastar e teve medo.

Teve medo de esquecer.

Não descreverei, minha prima, a luta prolongada e tenaz que travaram n'alma dessa menina a saudade e a imaginação. A senhora, se algum dia amou, deve compreender a luta e o resultado dela. O mundo venceu. Carolina tinha 15 anos e não havia libado do amor senão perfumes.

Mas, ainda vencida, ela defendeu contra a sociedade as suas recordações, que se tornaram então um culto do passado. Entrou nos salões, porém com esse vestido preto, que devia lembrar-lhe a todo o momento a fatalidade que pesara sobre a sua existência.

Excitou a admiração geral pela sua beleza. Não houve talento, posição e riqueza que se não rojasse a seus pés. Sabiam vagamente a sua história;

suspeitavam a virgindade sob aquela viuvez e se lhe dava um toque de romantismo que inflamava a imaginação dos moços à moda.

Chamavam-na a *Viuvinha*.

A senhora deve tê-la encontrado muitas vezes, minha prima, no tempo em que começou a frequentar a sociedade. Estava ela então no brilho de sua beleza. Na menina gentil e graciosa encarnara a natureza a mulher com todo o luxo das formas elegantes, com toda a pureza das linhas harmoniosas.

A influência que o vestido preto devia exercer sobre essa organização ardente revelou-se logo. O vestido preto era o símbolo de uma decepção cruel; era a cinza de seu primeiro amor; era uma relíquia sagrada que respeitaria sempre. Enquanto ele a cobrisse parecia-lhe que nenhuma afeição penetraria o seu coração e iria profanar o santo culto que votava à imagem de seu marido.

Era uma superstição; mas que alma não as tem quando a crença ainda não a abandonou de todo!

Assim, Carolina tornou-se *coquette*; ouvia todos os protestos de amor, mas para zombar deles; o seu espírito se interessava nessa comédia inocente de sala; a sua malícia representava um papel engenhoso; mas o coração foi mudo espectador.

Era quando voltava do baile, à noite, na solidão do seu quarto, que o coração vivia ainda no passado, no meio das tristes recordações que despertavam quando o mundo dormia. Ali tudo lhe retraçava a noite fatal; só havia de mais o luto e de menos um vulto de homem, porque a sua imagem, ela a tinha nos olhos e n'alma.

Dizem que não se pode brincar com o fogo sem queimar-se. O amor é um fogo também e Carolina, que brincava com ele, zombando dos seus protestos, acabou por crer.

Ela se tinha preparado para combater o amor brilhante, ruidoso, fascinador, dos salões; mas não se lembrou de que ele podia vir, modesto, obscuro e misterioso, enlear-se às cismas melancólicas de sua solidão.

Esta parte da vida de Carolina é um romance.

Havia 18 meses que, um dia, sua vista, ao acordar, fitou-se na janela que a mucama acabava de abrir para despertá-la. Há um prazer indizível em embeberem-se os olhos na luz de que durante uma noite estiveram privados.

Carolina gozava desse prazer que nos faz parecer tudo novo e mais belo do que na véspera, quando descobriu entre o vidro da janela um papel dobrado como uma sobrecarta elegante. A curiosidade obrigou-a a erguer-se, levantar a vidraça e tirar o objeto que lhe despertara a atenção.

Era realmente uma sobrecarta, fechada com este endereço: — *A ela*.

Não creio que haja mulher no mundo que não abrisse aquela sobre-carta misteriosa. Carolina hesitou dez minutos, no que mostrou uma força de vontade admirável, porque outras no seu lugar a abririam no fim de dez segundos.

Não havia dentro nem carta, nem bilhete, nem uma frase, nem uma palavra; mas uma flor só, uma saudade.

Este pequeno acontecimento ocupou mais o espírito da moça do que os bailes, os teatros e os divertimentos que frequentava. Pensou no enigma esse dia e os seguintes, porque todas as manhãs achava a mesma carta sem palavras e a mesma flor.

Quando isso tomou ares de uma perseguição amorosa, a moça revoltou-se e deixou de tirar as cartas, que ficaram no mesmo lugar onde as tinham posto. Parecia que o autor dessa correspondência ou não se importava com a indiferença que lhe mostrava Carolina ou contava vencê-la à força de constância.

Uma vez Carolina, não sei como, teve uma ideia extravagante: começou a sonhar acordada, e, como não há loucura que não roce as asas pelo delírio da imaginação, acabou por ver naquela flor misteriosa uma *saudade* que lhe enviava de além-túmulo aquele que a amara.

Abraçado assim o romance da flor com o culto do seu passado, é fácil adivinhar como ele não caminharia depressa ao desenlace: por mais absurda e impossível que a razão lhe apresentasse semelhante aliança, o coração a desejava, e ela se fez.

Uma noite resolveu conhecer quem era o seu desconhecido. Recostou-se por dentro da vidraça, na penumbra da janela. O aposento não tinha luz; era impossível vê-la de fora.

Esperou muito tempo.

Às 2 horas sentiu ranger a chave na fechadura do portão, que se abriu dando passagem a um vulto. A treva era espessa. Carolina mal distinguia; mas pôde ver o vulto parar defronte de sua janela, ficar imóvel tempo esquecido, e por fim deixar a carta e sumir-se.

Durante mais de meia hora a respiração ardente daquele homem e o hálito suave daquela menina aqueceram uma e outra face do vidro frágil que os separava.

Carolina, que defendera por mais de quatro anos a memória de seu marido, que resistira a todas as seduções do mundo, sucumbiu à força poderosa desse amor puro e desinteressado.

Carolina amou.

Amava uma sombra morta; começou a amar uma sombra viva.

XVI

O coração de Carolina sucumbira, mas não a sua vontade.

Amava e combatia esse amor, que julgava perfídia. Uma esposa virtuosa, presa de alguma paixão adúltera, não sustenta uma luta mais heroica do que a dessa menina contra o impulso ardente do seu coração.

Esgotou todos os recursos. Às vezes procurava convencer-se da extravagância dessa afeição. Dizia a si mesma que ela não conhecia daquele homem senão o vulto. Sabia ao menos se era digno dos sentimentos que inspirava?

Essa desconfiança a alimentava quinze dias, um mês; depois dissipava-se como por encanto para voltar de novo.

Assim passou mais de um ano. Carolina tinha gasto e consumido toda a sua força de resolução; combatia ainda, mas já não esperava, nem desejava vencer.

Nestas disposições, uma noite se recostara à penumbra da janela, para esperar, como de costume, a sombra que vinha depor a muda homenagem do seu amor. O ar estava abafado; ergueu a vidraça, contando fechá-la logo depois.

Mas o seu espírito enleou-se em uma das cismas em que agora vivia de novo engolfada e nas quais muita vez por uma bizarria de sua imaginação o vulto desconhecido lhe aparecia com o rosto de Jorge.

Quando deu fé, o vulto estava defronte dela, parado na sombra. Vendo-se, ambos fizeram o mesmo movimento para retirar-se e ambos ficaram imóveis, olhando-se nas trevas. Passado um longo instante, Carolina afastou-se lentamente da janela; o desconhecido deixou a flor e desapareceu.

Essas entrevistas mudas continuaram por muito tempo, até que em uma delas o vulto saiu de sua imóvel contemplação, chegou-se por baixo da janela, tomou a mão da moça e beijou-a. Carolina estremeceu ao toque daquele beijo de fogo; quando lhe passou a vertigem que a tomara de súbito, nada mais viu.

Decorreram muitas noites sem que o desconhecido aparecesse.

Foi então que Carolina reconheceu a força desse amor misterioso. Recostada à janela, ansiosa, esperava pela hora da entrevista e, muitas vezes, a estrela-d'alva, luzindo no horizonte, achou-a na mesma posição. O primeiro raio da manhã apagava-lhe o último raio de esperança.

Partilhada entre a ideia de que seu amante a houvesse esquecido, ou de que lhe tivesse sucedido alguma desgraça, sentia todas essas inquietações que requintam a força da paixão.

Enfim o vulto apareceu de novo. Foi na véspera.

Carolina não pôde reprimir um grito do coração; mas o desconhecido, insensível à sua demonstração, contemplou-a por muito tempo; e beijando-lhe a mão como na primeira vez deixou-lhe a flor envolta na carta.

Sentiu ele ou não a doce pressão da mão da moça? O que sei é que voltou sem proferir uma palavra.

Abrindo a carta, Carolina viu pela primeira vez algumas frases escritas, que seus olhos devoraram com avidez.

Dizia:

"*Amanhã à meia-noite no jardim. É a primeira ou a última prece de um imenso amor.*"

Mas nada; nem data, nem assinatura.

O que pensou Carolina durante as vinte e quatro horas que sucederam à leitura dessa carta, não o posso exprimir, minha prima; adivinhe. A luta renasceu no seu espírito entre o respeito profundo pela memória de seu marido e o amor que a dominava.

Essa luta violenta durava ainda no momento em que a encontramos; depois do combate renhido, o coração tinha transigido com a razão, o amor cedera ao dever. Carolina resolvera que a entrevista pedida seria a primeira, mas também a última. Quebraria o fio dourado dessa afeição, para não entrelaçá-lo à teia negra do seu passado.

Cumpriria o seu voto?...

Ela mesma não o sabia; tinha medo que lhe faltassem as forças; e para ganhar coragem relia nesse momento a carta em que seu marido, na mesma noite do casamento, se despedira dela para sempre.

Não transcrevo aqui essa longa carta para não entristecê-la, D..., porque nunca li coisa que me cortasse tanto o coração. Jorge explicava à sua mulher a fatalidade que o obrigava, ele, votado à morte, a consumar esse casamento, que a devia fazer desgraçada, mas que ao menos a deixava pura e sem mácula.

Pela primeira vez, depois de cinco anos, Carolina trajava de branco; mas as fitas dos laços, as pulseiras, o colar, eram pretos ainda. Até no seu vestuário se revelava a luta que se passava em sua alma: o branco era a aspiração, o sonho do futuro; o preto era a saudade do passado.

Quando acabou de ler aquela carta, que sempre lhe arrancava lágrimas, sentiu-se com forças de resistir aos impulsos do coração; sentiu-se quase santificada pela evocação daquele martírio; e, ainda inquieta, esperou.

Pouco depois a pêndula vibrou uma pancada.

Carolina assustou-se e levou os olhos ao mostrador. A agulha marcava onze e meia horas.

A moça fez um esforço, ergueu-se rapidamente, entrou na sala e desceu ao jardim, ligeira e sutil como uma sombra. A alguma distância havia um berço feito de cedros, onde a treva era mais densa. Aí sentou-se.

À meia-noite em ponto o vulto apareceu e, guiado pelo vestido branco de Carolina, aproximou-se dela e sentou-se no mesmo banco de relva. Seguiu-se um longo momento de silêncio; o desconhecido não falava; o pudor emudecia a menina cândida e inocente.

Mas não era possível que esse silêncio e essa imobilidade continuassem; o desconhecido tomou as mãos de Carolina e apertou-as; as suas estavam tão frias que a moça sentiu gelar-se-lhe o sangue ao seu contato.

— A senhora me ama?...

A voz do moço pronunciando essas palavras se tornara tão surda que perdera o metal para tornar-se apenas um sopro.

A menina não respondeu.

— É o meu destino que eu lhe pergunto! murmurou ele.

Carolina venceu a timidez.

— Não sabe a minha história? disse ela.

— Sei.

— Então compreende que não posso, que não devo amar a ninguém mais neste mundo!

A moça sentiu que seu amante lhe cerrava as mãos com uma emoção extraordinária; teve pena dele e conheceu que não teria forças para consumar o sacrifício.

— Não me pode... não me deve amar... E por que razão me deixou conhecer uma esperança vã?

— Por quê?... balbuciou a menina.

— Sim, por quê?... Zombava de mim!

— Oh! não! Não pensava no que fazia. Era mais forte do que a minha vontade!

— Mas então me ama?... É verdade?... perguntou o desconhecido, com ansiedade.

— Não sei.

— Para que negá-lo?

— Pois sim! É verdade! Mas é impossível!

— Não compreendo.

— Escute: não estranhe o que lhe vou dizer, não me crimine pelo passo que dei. Fiz mal em vir aqui, em esperá-lo; mas tenho eu culpa?... Faltou-me o ânimo de recusar-lhe o que me pedira... E vim somente para suplicar-lhe...

— Suplicar-me?... o quê?

— Que se esqueça de mim, que me abandone!

— Importuno-a com a minha afeição?...

— Não diga isso!

— Seja indiferente a ela.

— Se eu pudesse...

— Não pode?... Então dê-me a felicidade.

— Se estivesse em mim!... Porém já lhe confessei; é impossível.

— Por que motivo?

— Eu devo... eu sinto que amo a meu marido.

— Morto?...

— Sim.

Houve uma pausa.

— Parece-lhe ridículo esse sentimento; não é assim? Mas foi o primeiro, cuidei que seria o último. Deus não permitiu!... E por isso às vezes julgo que cometo um crime, aceitando uma outra afeição... Devo ser fiel à sua memória!... Quem me diz que esse remorso não envenenará a minha existência, que a imagem dele não virá constantemente colocar-se entre mim e aquele que me amar ainda neste mundo?... Seríamos ambos desgraçados!

Um beijo cortou a palavra nos lábios de Carolina.

Momentos depois duas sombras resvalaram-se por entre as moitas do jardim e perderam-se no interior da casa. Tudo entrou de novo no silêncio.

Na manhã seguinte, às 9 horas, D. Maria e o sr. Almeida conversavam amigavelmente na sala de jantar, onde acabavam de servir o almoço.

O velho negociante, depois da entrevista com o filho de seu amigo, não se cabia de contente e viera preparar a mãe e a filha para mais tarde receberem a notícia inesperada, que era ainda um segredo, só conhecido de duas pessoas.

O assunto era melindroso e a sua habilidade comercial nada adiantava em negócios de coração; não sabia por onde começar.

Nisto, D. Maria chamou sua filha.

— Vem almoçar, Carolina.

— Já vou, mamãe, respondeu a menina, do seu quarto, estou à espera de Jorge.

A pobre mãe julgou que sua filha tinha enlouquecido e ergueu-se precipitadamente para correr a ela.

Mas a porta abriu-se e Carolina entrou pelo braço de seu marido.

Desmaio, espanto, surpresa e alegria, passo por tudo isto, que a senhora imagina melhor do que eu posso descrever.

Depois do almoço, Jorge e sua mulher, passeando no jardim, pararam junto ao lugar onde haviam estado na véspera.

— Aqui!... disse a menina, sorrindo entre o rubor.

— Foi o meu segundo berço! replicou Jorge.

— Por que dizes berço?

— Porque nasci aqui para esta vida nova. Oh! tu não sabes!... Depois que reabilitei o nome de meu pai e o meu, ainda me faltava uma condição para voltar ao mundo.

— Qual era?

— A tua felicidade, o teu desejo. Se tivesses esquecido teu marido para amar-me sem remorso e sem escrúpulo, eu estava resolvido... a fugir-te para sempre!

— Mau!... se eu te deixasse de amar, não era para amar-te ainda?... Ah! Não terias ânimo de fugir-me.

— Também creio.

Jorge e sua mulher são hoje nossos vizinhos; têm uma fazenda perfeitamente montada. Para evitar a curiosidade importuna e indiscreta, haviam imediatamente abandonado a corte.

A boa D. Maria já está bastante velha. O sr. Almeida partiu há seis meses para a Europa, tendo feito o seu testamento, em que instituiu herdeiros os filhos de Jorge.

Carlota é amiga íntima de Carolina. Elas acham ambas um ponto de semelhança na sua vida; é a felicidade depois de cruéis e terríveis provanças. As nossas famílias se visitam com muita frequência; e posso dizer-lhe que somos uns para os outros a única sociedade.

Isto lhe explica, D..., como soube todos os incidentes desta história.

VIDA & OBRA
José de Alencar

"TODOS CANTAM SUA TERRA! / TAMBÉM VOU CANTAR A MINHA"*

Carlos Faraco
Licenciado em letras pela Universidade de São Paulo (USP), autor de livros didáticos, ex-professor de português da rede pública e particular.

Filho de padre

Logo depois da proclamação da Independência, em 1822, era invejável o prestígio de dom Pedro I, pois o povo e a maioria dos políticos o admiravam muito. Aos poucos, essa situação foi se alterando. Já por volta de 1830, o país enfrentava sérios problemas econômicos, que tinham se agravado com a falência do Banco do Brasil, em 1829, e com a Guerra da Cisplatina, que durou três anos (1825--1828).

A popularidade de dom Pedro I começou a decair, e a forte oposição ao imperador apontava uma única solução para a crise: a abdicação em favor do filho, o que acabou acontecendo em abril de 1831. O príncipe dom Pedro, imperador do Brasil, retornou a Portugal. Governando em seu lugar ficava a Regência Trina Provisória, constituída de políticos que substituiriam seu filho e herdeiro do trono, dom Pedro de Alcântara, então com cinco anos.

Nesse cenário político atuava o padre José Martiniano de Alencar, deputado pela província do Ceará, que já estivera envolvido em várias lutas liberais. No ano de sua eleição (1829), mais precisamente no dia 1º de maio, nasceu-lhe o primeiro filho, fruto da "união ilícita e particular" (como ele próprio considerava) com a prima Ana Josefina de Alencar.

---

* Título extraído dos dois primeiros versos do poema "Minha terra", de Casimiro de Abreu. (N.E.)

Página oposta:
José de Alencar
por volta de 1846.

O pai do escritor, José Martiniano de Alencar.

A criança, nascida em Messejana, Ceará, recebeu o mesmo nome do pai: José Martiniano de Alencar. Menino e adolescente, seria tratado no meio familiar pelo apelido de Cazuza, e quando adulto se tornaria conhecido de todo o país como José de Alencar, considerado um dos maiores escritores do romantismo brasileiro.

Em 1830, a família mudou-se para o Rio de Janeiro, onde José Martiniano (o pai) assumiria o cargo de senador. Quatro anos mais tarde, o ex-padre Alencar foi nomeado governador do Ceará e voltou com a família para o estado de origem.

Aos nove anos, Cazuza acompanhou o pai numa viagem por terra entre o Ceará e a Bahia. Essa viagem deixaria marcas profundas no futuro romancista, que recordará:

> Cenas [...] que eu havia contemplado com os olhos de menino de dez anos, ao atravessar essas regiões em jornada do Ceará à Bahia [...], agora se debuxavam na memória do adolescente...

A família voltou ao Rio de Janeiro, o pai assumiu novamente seu cargo de senador e o menino começou a frequentar a Escola de Instrução Elementar.

Dom Pedro de Alcântara tinha então treze anos e já se articulava a declaração de sua maioridade, medida a que o senador Alencar mostrava-se favorável. Em 1840, decretou-se a maioridade de dom Pedro, considerada por muitos políticos da época como a única saída para garantir a estabilidade do país.

No período de 1831 a 1840, inúmeras rebeliões tinham abalado o governo regencial: a Cabanagem, a Sabinada, a Farroupilha e a Balaiada. Quando essas rebeliões aconteceram, a família Alencar morava numa chácara no Rio de Janeiro, de onde, segundo José de Alencar, saiu "a revolução popular de 1842". O que o escritor chamava de "revolução" tratava-se, na verdade, de um dos vários movimentos que ocorreram em São Paulo e Minas Gerais como protesto a medidas antiliberais do governo. Todos prontamente dominados por Luís Alves de Lima e Silva, o futuro duque de Caxias. Filho de político, o jovem Alencar assistia a tudo isso de perto. Assistia e, certamente, tomava gosto pela política, atividade em que chegou a ocupar o posto de ministro da Justiça. Mas isso ocorreria bem mais tarde.

Em meio à agitação de uma casa frequentada por muita gente, como era a do senador, passou pelo Rio de Janeiro um primo de Cazuza. O jovem dirigia-se a São Paulo, onde completaria o curso de Direito, e Alencar resolveu acompanhá-lo. Ia seguir a mesma carreira. Dessa decisão, ficou um registro do escritor: "ao chegar a São Paulo eu era uma criança de 13 anos".

Um estranho no ninho

Fria, triste, garoenta, com uma vida social que dependia quase exclusivamente do mundo estudantil, graças à existência de sua já famosa Faculdade de Direito: assim era São Paulo em 1844, quando nela desembarcou o cearense José Martiniano de Alencar, para morar com o primo e mais dois colegas numa república de estudantes da rua São Bento.

Tradicional Faculdade de Direito do Largo de São Francisco, em São Paulo, por volta de 1850.

Na escola de Direito discutia-se tudo: política, arte, filosofia, direito e, sobretudo, literatura. Era o tempo do romantismo, novo estilo artístico importado da França. Esse estilo apresentava, em linhas gerais, as seguintes características: exaltação da natureza, patriotismo, idealização do amor e da mulher, subjetivismo, predomínio da imaginação sobre a razão. Mas o romantismo não era apenas um estilo artístico: acabou tornando-se um estilo de vida. Seus seguidores, como os acadêmicos de Direito, exibiam um comportamento bem típico: vida boêmia, com farras regadas a muita bebida. As farras, segundo eles, para animar a vida na tediosa cidade; a bebida, para serem tocados pelo sopro da inspiração. Introvertido, quase tímido, o jovem Alencar mantinha-se alheio a esses hábitos, metido em estudos e leituras. Lia principalmente os grandes romancistas franceses da época. Pois não tinha até começado a aprender francês com essa finalidade?

Anos depois, segundo depoimento de um amigo, Alencar iria referir-se ao "horror daqueles tempos [...]; daqueles quartos em que o fumar dos cachimbos não o deixava respirar direito". O jovem cearense jamais se adaptaria às rodas boêmias tão assiduamente frequentadas por outro companheiro que também ficaria famoso: Álvares de Azevedo.

Terminado o período preparatório, Alencar matriculou-se na Faculdade de Direito em 1846. Tinha 17 anos incompletos e já ostentava a cerrada barba que nunca mais tiraria. Com ela, a seriedade de seu semblante ficava ainda mais acentuada.

O senador Alencar, muito doente, voltou para o Ceará em 1847, deixando o resto da família no Rio de Janeiro. Quando Alencar viajou para o estado de origem, a fim de assistir o pai, o reencontro com a terra natal faria ressurgir as recordações de infância e fixaria na memória do escritor a paisagem da qual ele jamais conseguiria se desvincular inteiramente. É esse o cenário que aparece retratado em um de seus romances mais importantes: *Iracema*.

Surgiram na época os primeiros sintomas da tuberculose que infernizaria a vida do escritor durante trinta anos.

No livro *Como e por que sou romancista*, Alencar registrou: "a moléstia tocara-me com a sua mão descarnada".

Transferiu-se para a Faculdade de Direito de Olinda. O pai, bem de saúde, logo voltou ao Rio, e Alencar a São Paulo, onde terminaria o curso. Dessa vez morava numa rua de prostitutas, gente pobre e estudantes boêmios. Alencar continuava desligado da boemia, preparando sua sólida carreira, pois seu trabalho literário resultou de muita disciplina e estudo.

Romance que virou cinzas

Aos 18 anos, Alencar já tinha esboçado o primeiro romance: *Os contrabandistas*. Segundo depoimento do próprio escritor, um dos inúmeros hóspedes que frequentavam sua casa usava as folhas manuscritas para... acender charutos. Verdade? Invenção? Muitos biógrafos duvidam da ocorrência, atribuindo-a à tendência do escritor em dramatizar excessivamente os fatos de sua vida. O que ocorreu sem dramas ou excessos foi a formatura, em 1850.

No ano seguinte, Alencar já estava no Rio de Janeiro, trabalhando num escritório de advocacia. Começava o exercício da profissão que jamais abandonaria e que garantiria seu sustento. Afinal, como ele próprio assinalou, "não consta que alguém já vivesse, nesta abençoada terra, do produto de obras literárias".

Cinco minutos de brinde

Um dos números do jornal *Correio Mercantil* de setembro de 1854 trazia uma seção nova de folhetim — "Ao correr da pena" — assinada por José de Alencar, que estreava como jornalista. O folhetim, muito em moda na época, era um misto de jornalismo e literatura: crônicas leves, tratando de acontecimentos sociais, teatro e política, enfim, do cotidiano da cidade.

Alencar tinha 25 anos e obteve sucesso imediato no jornal onde trabalharam posteriormente Machado de Assis (dez anos mais jovem que ele) e Joaquim Manuel de Macedo. Sucesso imediato e de curta duração. Tendo o jornal censurado um de seus artigos, o escritor desligou-se de sua função. Um resumo do que ocorreu: com a extinção do tráfico de escravos, em 1850, muito dinheiro começou a circular na economia brasileira e a Bolsa tornou-se o centro da agiotagem e das especulações financeiras que proporcionavam lucro fácil aos que já eram ricos. Alencar viu, analisou e denunciou:

> Todo mundo quer ações de companhias [...] As cotações variam a cada momento, e sempre apresentando uma nova alta de preços. Não se conversa sobre outra coisa...

A direção do jornal, que obviamente tinha interesses econômicos a preservar, censurou o artigo e Alencar demitiu-se. Em 8 de julho de 1855, assinou pela última vez sua coluna, nela registrando: "Dantes os homens tinham as suas ações na alma e no coração, agora têm-nas no bolso".

Começaria nova empreitada no *Diário do Rio de Janeiro*, outrora um jornal bastante influente, que passava naquele momento por séria crise financeira. Alencar e alguns amigos resolveram comprar o jornal e tentar ressuscitá-lo, investindo dinheiro e trabalho.

Nesse jornal aconteceu sua estreia como romancista: em 1856 saiu em folhetins o romance *Cinco minutos*. Ao final de alguns meses, completada a publicação, juntaram-se os capítulos em um único volume que foi oferecido como brinde aos assinantes do jornal.

No entanto, muitas pessoas que não eram assinantes do jornal quiseram comprar a brochura. Alencar comentaria: "foi a única muda mas real animação que recebeu essa primeira prova. [...] Tinha leitores espontâneos, não iludidos por falsos anúncios". Nas entrelinhas, percebe-se a queixa que se tornaria obsessiva ao longo dos anos: a de que a crítica atribuía pouca importância à sua obra.

Com *Cinco minutos* e, logo em seguida, *A viuvinha*, Alencar inaugurou uma série de obras em que buscava retratar (e questionar) o modo de vida na corte. O que aparece nesses romances é um painel da vida burguesa: costumes, moda, regras de etiqueta — tudo entremeado por enredos em que amor e casamento são a tônica. Nessas obras circulam padrinhos interesseiros, agiotas, negociantes espertos, irmãs abnegadas e muitos outros tipos que servem de coadjuvantes nos dramas de amor enfrentados pelo par central. É o chamado romance urbano de Alencar, tendência em que se enquadram, além dos livros citados, *Lucíola*, *Diva*, *A pata da gazela*, *Sonhos d'ouro* e *Senhora*, este último considerado sua melhor realização na ficção urbana.

Além do retrato da vida burguesa na corte, esses romances mostram um escritor preocupado com a psicologia dos personagens, principalmente os femininos. Alguns deles, por isso, são até chamados de "perfis de mulheres". Em todos, a presença constante do dinheiro, provocando desequilíbrios que complicam a vida afetiva dos personagens e conduzindo basicamente a dois desfechos: a realização dos ideais românticos ou a desilusão, numa sociedade em que ter vale muito mais do que ser. Alguns exemplos: em *Senhora*, a heroína arrisca toda sua grande fortuna na compra de um marido. Emília, personagem central de *Diva*, busca incansavelmente um marido mais interessado em amor que em dinheiro. Em *Sonhos d'ouro*, o dinheiro representa o instrumento que permitirá a autonomia de Ricardo e seu casamento com Guida. A narrativa de *A viuvinha* gira em torno do compromisso assumido por um filho para pagar todas as dívidas deixadas pelo pai. *Lucíola*, finalmente, resume toda a questão de uma sociedade que transforma amor, casamento e relações humanas em mercadoria: o assunto do romance,

Nos romances urbanos, Alencar expõe uma visão crítica da sociedade burguesa carioca de meados do século XIX. A imagem é uma pintura de José Correia de Lima, *Francisco Manuel e suas filhas*, de 1850.

a prostituição, obviamente mostra a degradação a que o dinheiro pode conduzir o ser humano.

Entre *Cinco minutos* (1856) e *Senhora* (1875), passaram-se quase vinte anos e muitas situações polêmicas ocorreram.

Anjo proibido

Alencar estreou como autor de teatro em 1857, com a peça *Verso e reverso*, em que retratava o Rio de Janeiro de sua época. No mesmo ano, o enredo da peça *O crédito* antecipava um problema que o país logo iria enfrentar: a desenfreada especulação financeira, responsável por grave crise político-econômica. Desse ano data ainda a comédia *O demônio familiar*.

Em 1858, estreou a peça *As asas de um anjo*, de um Alencar já bastante conhecido. Três dias após a estreia, a peça foi proibida pela censura, que a considerou imoral. Tendo como personagem central uma prostituta regenerada pelo amor, o enredo ofendeu a sociedade ainda provinciana de então. (O curioso é que o tema era popular e aplaudido no teatro, em muitas peças estrangeiras.) Alencar reagiu, acusando a censura de proibir sua obra pelo simples fato de ser "produção de um autor brasileiro".

Mas a reação mais concreta viria quatro anos mais tarde, por intermédio do romance em que o autor retoma o tema: *Lucíola*. Profundamente decepcionado com a situação, Alencar declarou que iria abandonar a literatura para dedicar-se exclusivamente à advocacia. E claro que isso não aconteceu: escreveu o drama *Mãe*, levado ao palco em 1860, ano em que morreu seu pai. Para o teatro, produziu ainda a opereta *A noite de são João* e a peça *O jesuíta*.

Como se vê, Alencar continuava escrevendo — e polemizando.

A questão em torno de *As asas de um anjo* não era a primeira nem seria a última enfrentada pelo escritor. De todas, a que mais interessa para a literatura foi anterior ao caso com a censura e relaciona-se ao aproveitamento

Página oposta: Escândalo na corte: a peça *As asas de um anjo* foi considerada imoral e censurada, conforme ironiza a caricatura da época. Mas seu tema reapareceria anos mais tarde em um dos principais romances de Alencar.

da cultura indígena como tema literário. Segundo os estudiosos, foi este o primeiro debate literário ocorrido no Brasil.

Passado para trás

Certamente, quando resolveu assumir o *Diário do Rio de Janeiro*, Alencar pensava também num veículo de comunicação que lhe permitisse expressar livremente seu pensamento. Foi nesse jornal que travou sua primeira polêmica literária e política. Nela, o escritor confrontou-se indiretamente com ninguém menos que o imperador dom Pedro II.

A história foi a seguinte: Gonçalves de Magalhães (que seria posteriormente considerado o iniciador do romantismo brasileiro) tinha escrito um longo poema intitulado "A confederação dos Tamoios", em que fazia um exaltado elogio à raça indígena. Dom Pedro II, homem voltado às letras e artes, viu no poema de Magalhães o caminho para uma genuína literatura brasileira. Imediatamente, o imperador ordenou que se custeasse a edição oficial do poema.

Alencar, sob o pseudônimo "Ig", utilizando seu jornal como veículo, escreveu cartas a um suposto amigo, questionando a qualidade da obra de Magalhães e o patrocínio da publicação por parte do imperador. Os termos eram arrasadores:

> As virgens índias do seu livro podem sair dele e figurar em um romance árabe, chinês ou europeu [...] o senhor Magalhães não só não conseguiu pintar a nossa terra, como não soube aproveitar todas as belezas que lhe ofereciam os costumes e tradições indígenas [...]

No início, ninguém sabia quem era o tal Ig, e mais cartas foram publicadas sem merecer réplica. Após a quarta carta, alguns escritores e o próprio imperador, sob pseudônimo, vieram a público em defesa de Magalhães. Ig não deixou de treplicar.

A extrema dureza com que Alencar tratou o poeta Magalhães e o imperador parece refletir a reação de um homem que se considerava sempre injustiçado e perseguido. Alguns críticos acham que Alencar teria ficado furioso ao ser "passado para trás" num plano que considerava seu, pois já tinha pensado em utilizar a cultura indígena como tema de seus escritos. As opiniões sobre a obra de Magalhães denunciariam, portanto, o estado de espírito de alguém que se sentira traído pelas circunstâncias.

Gonçalves de Magalhães, um dos mais importantes escritores brasileiros da época, também foi alvo das polêmicas literárias de Alencar.

Qualquer que tenha sido o motivo, essa polêmica tem interesse fundamental. Discutia-se de fato, naquele momento, o que seria o verdadeiro nacionalismo na literatura brasileira, que até então tinha sofrido grande influência da portuguesa.

Alencar considerava a cultura indígena como um assunto privilegiado, que, na mão de um escritor hábil, poderia tornar-se a marca distintiva da autêntica literatura nacional. Mas veja bem: na mão de um escritor *hábil*. Talvez ele próprio?

Um dia eu quero ser índio...

E quem não gostaria? Veja só o poder deste herói:

> Não havia tempo para fugir; a água tinha soltado o seu primeiro bramido e, erguendo o colo, precipitava-se furiosa, invencível, devorando o espaço como algum monstro do deserto.
> Peri tomou a resolução pronta que exigia a iminência do perigo: em vez de ganhar a mata suspendeu-se a um dos cipós, e, galgando o cimo da palmeira, aí abrigou-se com Cecília. [...] A cúpula da palmeira, em que se acha-

vam Peri e Cecília, parecia uma ilha de verdura banhando-se nas águas da corrente; [...] Então passou-se sobre esse vasto deserto de água e céu uma cena estupenda, heroica, sobre-humana; um espetáculo grandioso, uma sublime loucura.

Peri, alucinado, suspendeu-se aos cipós que se entrelaçavam pelos ramos das árvores já cobertas d'água, e, com esforço desesperado, cingindo o tronco da palmeira nos seus braços hirtos, abalou-o até as raízes. [...] Ambos, homem e árvore, embalançaram-se no seio das águas: a haste oscilou; as raízes desprenderam-se da terra já minada profundamente pela torrente.

Frontispício da 1ª edição de *O Guarani*, de 1857.

Peri é um dos heróis indígenas criados por Alencar em seu romance *O Guarani*, de 1857, grande sucesso de público. Foi o primeiro de um grupo de personagens incomuns que invadiram o terreno da cultura brasileira no século XIX. Quem eram esses heróis que despertavam no leitor de então um interesse muito semelhante àquele que hoje despertam em nós os super-heróis dos quadrinhos, da televisão e do cinema?

Se a atração é a mesma, os tempos eram outros: não havia televisão, cinema ou luz elétrica. Mas, segundo depoimentos, "em torno dos fumegantes lampiões de iluminação pública de outrora" os leitores disputavam os jornais que, dia a dia, em forma de folhetim, narravam as incríveis aventuras de Peri e Ceci.

Acontece que nós, seres humanos de qualquer época ou lugar, necessitamos de heróis desse tipo: neles nos projetamos para compensar nossas limitações físicas e psicológicas. E no tempo de Alencar, além dessa motivação, havia outra, de caráter político, que estimulava a aceitação daqueles heróis "selvagens": a recente independência, proclamada em 1822. O brasileiro de então buscava ansiosamente uma resposta à pergunta: "Afinal, quem somos nós?". Coisa muito natural numa sociedade ainda desestruturada, que tinha conquistado sua independência política, mas sentia-se carente de heróis e de uma identidade própria.

Que alternativas restavam nessa busca de um digno e legítimo representante da raça brasileira, de alguém que pudesse transformar-se em personagem heroico da nossa literatura? O negro fora rejeitado para esse papel pelo fato de ser "estrangeiro" e pela sua condição de escravo. O branco teve igual destino, por lembrar o europeu colonizador. Restava, portanto, o índio. E ele virou moda. A tal ponto que muitas pessoas, na época, trocaram seus nomes de tradição europeia por outros, de origem indígena.

Foi nesse contexto que o índio surgiu como super-herói na ficção brasileira. E Alencar foi o escritor que melhor o incorporou no romance, transformando a raça indígena em um conjunto de homens puros, bons, honestos, educados, corajosos, atuando bravamente no exuberante cenário da selva brasileira, onde viviam em plena harmonia.

Iracema imortalizada em estátua na praia de Mucuripe, em Fortaleza. Foi feita pelo escultor Corbiniano Lins, em 1965, centenário da publicação do romance.

A vegetação nessas paragens ostentava outrora todo o seu luxo e vigor; florestas virgens se estendiam ao longo das margens do rio, que corria no meio das arcarias de verdura e dos capitéis formados pelos leques das palmeiras.

Tudo era grande e pomposo no cenário que a Natureza, sublime artista, tinha decorado para os dramas majestosos dos elementos...

Ressonâncias daquela viagem, feita havia muito tempo, do Ceará à Bahia? Provavelmente sim, pois a respeito dessa viagem Alencar registrara: "Uma coisa vaga e indecisa que devia parecer-se com o primeiro broto d'*O Guarani* ou de *Iracema* flutuava-me na fantasia".

Mas o índio brasileiro do século XIX era realmente tudo aquilo? Nem de longe! Já naquela época o índio sofria um terrível processo de marginalização, se não o risco de extermínio. Não é à toa que, ao narrar as façanhas desses incríveis

CINCO MINUTOS & A VIUVINHA

heróis, Alencar recua a ação dos seus romances para épocas anteriores ao século XIX.

A série de romances indianistas, inaugurada com O Guarani, se completaria com Iracema (1865) e Ubirajara (1874). Iracema é considerada sua melhor obra indianista, embora não tenha alcançado o mesmo sucesso de público de O Guarani. O aspecto mais importante e inovador de Iracema é a linguagem poética, extremamente bem elaborada; as informações históricas de que o autor se utiliza servem apenas para assegurar certa veracidade aos fatos narrados.

Do mesmo ano de publicação de Iracema data o seguinte registro, em que Alencar confessa que já tinha deixado, havia dois anos, "a existência descuidosa e solteira para entrar na vida da família, onde o homem se completa". E nasceu-lhe o primeiro filho. O escritor parecia ter se esquecido da mágoa e do ressentimento de dez anos antes, provocados pela primeira paixão, não correspondida.

Primeira paixão

Aos 25 anos, Alencar apaixonou-se pela jovem Chiquinha Nogueira da Gama, herdeira de uma das grandes fortunas da época. Mas o interesse da moça era outro: um rapaz carioca também muito rico. Desprezado, custou muito ao altivo Alencar recuperar-se do orgulho ferido. Somente aos 35 anos ele iria experimentar, na vida real, a plenitude amorosa que tão bem soube inventar para o final de muitos dos seus romances. Dessa vez, paixão correspondida, namoro e casamento rápidos. A moça era Georgiana Cochrane, filha de um rico inglês. Conheceram-se no bairro da Tijuca, para onde o escritor se retirara a fim de se recuperar de uma das crises de tuberculose. Casaram-se em 20 de junho de 1864. Muitos críticos veem no romance Sonhos d'ouro, de 1872, algumas passagens que consideram inspiradas na felicidade conjugal que Alencar parece ter experimentado ao lado de Georgiana.

Nessa altura, o filho do ex-senador Alencar já se achava metido — e muito — na vida política do Império.

Tal pai, tal filho?

Não. Apesar de ter herdado do pai o gosto pela política, Alencar não era dotado da astúcia e da flexibilidade que tinham feito a fama do velho Alencar. Seus companheiros da Câmara enfatizam sobretudo a recusa quase sistemática de Alencar em comparecer a solenidades oficiais e a maneira pouco polida com que tratava o imperador. A inflexibilidade no jogo político fazia prever a série de decepções que de fato ocorreriam.

Eleito deputado e depois nomeado ministro da Justiça, Alencar conseguiu irritar tanto o imperador que este, um dia, teria explodido: "É um teimoso esse filho de padre". Só quem conhecia a polidez de dom Pedro seria capaz de avaliar como o imperador estava furioso para referir-se assim ao ministro José de Alencar.

Enquanto era ministro da Justiça, contrariando ainda a opinião de dom Pedro II, Alencar resolveu candidatar-se ao Senado. E foi o mais votado dos candidatos de uma lista tríplice. Ocorre que, de acordo com a Constituição da época, a indicação definitiva estava nas mãos do imperador. E o nome de Alencar foi vetado.

Esse fato marcaria o escritor para o resto da vida. Daí para diante, sua ação política traria os sinais de quem se sentia irremediavelmente injustiçado. Os amigos foram aos poucos se afastando e sua vida política parecia ter terminado. Mas era teimoso o suficiente para não abandoná-la.

Quando ministro da Justiça, Alencar demitiu delegados e subdelegados. O fato, reforçando a falta de flexibilidade política do escritor, virou caricatura no jornal *BA-TA-CLAN*.

Imagem do Paço Imperial do Rio de Janeiro em 1860. Era lá o palco de todos os principais eventos políticos, religiosos e econômicos que aconteciam na época.

Retirou-se para o sítio da Tijuca, onde voltou a escrever. Desse período resultam O *gaúcho* e *A pata da gazela* (1870). Tinha quarenta anos, sentia-se abatido e guardava um imenso rancor de dom Pedro II. Eleito novamente deputado, voltou à Câmara, onde ficaria até 1875. Nunca mais, como político, jornalista ou romancista, iria poupar o imperador.

Em 1865 e 1866 foram publicadas as *Cartas políticas de Erasmo*. Partindo da suposta condição de que dom Pedro ignorava a corrupção e a decadência em que se achava o governo, Alencar dirigia-se ao imperador tentando mostrar a situação em que se encontrava o país, com seus inúmeros problemas, entre eles o da libertação dos escravos e o da Guerra do Paraguai (1865-1870).

Comentando aquela guerra, a mais sangrenta batalha que já ocorrera na América do Sul, na qual o Brasil perdera cem mil homens, Alencar deseja ao chefe do gabinete governamental: "E ordene Deus conceder-lhe compridos anos e vigor bastante para reparar neste mundo os males que há causado".

No entanto, foi a questão dos escravos que mais aborrecimentos trouxe ao escritor. Manifestando-se contra a Lei do

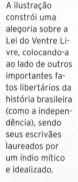

A ilustração constrói uma alegoria sobre a Lei do Ventre Livre, colocando-a ao lado de outros importantes fatos libertários da história brasileira (como a independência), sendo seus escrivães laureados por um índio mítico e idealizado.

Ventre Livre (1871), tomava ele posição ao lado dos escravocratas, despertando a ira de grande contingente de pessoas que, no país inteiro, consideravam a aprovação dessa lei uma questão de honra nacional.

Foi então que no *Jornal do Comércio* publicaram-se as *Cartas de Semprônio a Cincinato* (os pseudônimos escondiam as figuras do romancista Franklin Távora, o remetente, e do escritor português José F. de Castilho, que Alencar um dia chamara de "gralha imunda"). Pretextando analisar a obra de Alencar, o que se fazia era uma injuriosa campanha contra o homem e o político. Távora e Castilho não escreveram, de fato, crítica literária válida quando julgaram as obras de Alencar como mentirosas e fruto de exageros da imaginação. A crítica atual não tem nenhuma dúvida a respeito da importância fundamental dos romances de Alencar — principalmente os indianistas — para compreendermos o nacionalismo na literatura brasileira.

Um mapa literário do Brasil

Além do romance urbano e do indianista, José de Alencar incorporaria outros aspectos do Brasil em sua obra. Romances como Til, *O tronco do ipê*, *O sertanejo* e *O gaúcho* mostram as peculiaridades culturais da sociedade rural brasileira, com acontecimentos, paisagens, hábitos, maneiras de falar, vestir e de se comportar diferentes daqueles da vida na corte.

Assim é que em *O gaúcho* a Revolução Farroupilha (1835-1845) serve como pano de fundo à narrativa. O enredo de *O tronco do ipê* traz como cenário o interior fluminense e trata da ascensão social de um rapaz pobre. Em Til, o interior paulista é o cenário da narrativa.

Carga de cavalaria farroupilha, quadro de 1893 do pintor Guilherme Litran, faz alusão à Revolução Farroupilha (1835-1845), da qual Alencar tratou em *O gaúcho*.

Mas Alencar não se limitou aos aspectos documentais. O que vale de fato nessas obras é, sobretudo, o poder de imaginação e a capacidade de construir narrativas bem estruturadas. Os personagens são heróis regionais puros, sensíveis, honrados, corteses, muito parecidos com os heróis dos romances indianistas. Mudavam as feições, mudava a roupagem, mudava o cenário. Mas, na criação de todos esses personagens, Alencar perseguia o mesmo objetivo: chegar a um perfil do homem essencialmente brasileiro.

Não parou aí a investigação do escritor: servindo-se de fatos e lendas de nossa história, Alencar criaria ainda o romance histórico.

> O mito do tesouro escondido, a lenda das riquezas inesgotáveis na nova terra descoberta, que atraiu para ela ondas de imigrantes e aventureiros, as lutas pela posse definitiva da terra e alargamento das fronteiras [...]

Segundo o crítico Celso Luft, aparecem em tramas narrativas de intensa movimentação. Nessa categoria estão *Guerra dos mascates*, *As minas de prata* e *Alfarrábios*. Em *Guerra dos mascates*, personagens ficcionais escondem alguns políticos da época e até o próprio imperador (que aparece sob a pele do personagem Castro Caldas). *As minas de prata* é uma espécie de modelo de romance histórico tal como esse tipo de romance era imaginado pelos ficcionistas de então. A ação passa-se no século XVIII, uma época marcada pelo espírito de aventura. É considerado seu melhor romance histórico.

Com os romances históricos, Alencar completava o mapa do Brasil que desejara desenhar, fazendo aquilo que sabia fazer: literatura. Os estudiosos consideram que na sua obra há quatro tipos de romances: indianista, urbano, regionalista e histórico. Evidentemente, essa classificação é esquemática, pois cada um de seus romances apresenta muitos aspectos que merecem ser analisados: é fundamental, por exemplo, o perfil psicológico de personagens como o herói de *O gaúcho*, ou ainda do personagem central de *O sertanejo*. Por isso, a classificação prende-se ao aspecto mais importante (mas não único) de cada um dos romances.

126 BOM LIVRO

Se hoje podemos afirmar que Alencar pretendia, com o conjunto de sua obra, traçar um perfil do Brasil, é necessário não imaginar que os tipos por ele criados, ou mesmo sua maneira de descrever os aspectos físicos da natureza brasileira, correspondem estritamente à realidade. A literatura tem o direito e o poder de criação. Portanto, se houve exageros, se os índios de Alencar nos parecem inverossímeis ou se os seus heróis regionais esbanjam invencionice, isso de forma alguma diminui o mérito do escritor. Afinal, a literatura não pretende ser um documento frio e científico da realidade, mas um espaço privilegiado, onde a palavra circula artisticamente, criando situações simbólicas. E, nesse aspecto, Alencar foi mestre, em especial na concretização do mito do "bom selvagem", que em tudo se opunha ao europeu civilizado. Sua preocupação maior era trazer o nacionalismo para nossa literatura, objetivo que ele perseguiu até o fim da vida.

"Perdi meu tempo na Europa"

Em 1876, Alencar leiloou tudo o que tinha e foi com Georgiana e os seis filhos para a Europa, em busca de tratamento para sua saúde precária. Tinha programado uma estada de dois anos. Durante oito meses visitou a Inglaterra, a França e Portugal. Seu estado de saúde se agravou e, muito mais cedo do que esperava, voltou ao Brasil.

A confissão agora é de alguém profundamente abatido, desanimado: "Perdi meu tempo na Europa; ela nada me inspirou [...] Lisboa é uma cidade morta; Paris, um caleidoscópio vertiginoso; só aqui me sinto bem".

Apesar de tudo, ainda havia tempo para atacar dom Pedro II.

Alencar editou alguns números do semanário O Protesto durante os meses de janeiro, fevereiro e março de 1877. Nesse jornal, deixou vazar todo o seu antigo ressentimento pelo imperador, que não o havia indicado para o Senado em 1869.

Um exemplo ilustra o teor dos ataques. Após referir-se às inegáveis qualidades intelectuais do imperador, Alencar questiona:

> Não seria muito mais feliz este povo, se o seu defensor perpétuo [...] estivesse agora cogitando na difícil solução da crise financeira e perscrutando a sede dos males que nos afligem?

Mas nem só de desavenças vivia o periódico. Foi nele que Alencar iniciou a publicação do romance *Exhomem* — em que se mostraria contrário ao celibato clerical, assunto muito discutido na época. Escondido sob o pseudônimo Synerius, o escritor faz questão de explicar o título do romance *Exhomem*: "Literalmente exprime o que já foi homem".

Alencar não teve tempo de passar do quinto capítulo da obra que lhe teria garantido o lugar de primeiro escritor do realismo brasileiro. Com a glória de escritor já um tanto abalada, morreu no Rio de Janeiro, em 12 de dezembro de 1877.

Contam que, ao saber de sua morte, o imperador dom Pedro II teria se manifestado assim: "Era um homenzinho teimoso". Mais sábias seriam as palavras de Machado de Assis, ao escrever seis anos depois: "José de Alencar escreveu as páginas que todos lemos, e que há de ler a geração futura. O futuro não se engana".

RESUMO BIOGRÁFICO

1829   José Martiniano de Alencar nasce em Messejana, hoje bairro da cidade de Fortaleza, Ceará, a 1º de maio.

1830   Transfere-se com a família para o Rio de Janeiro.

1840   Está matriculado no Colégio de Instrução Elementar.

1846   Ingressa na Faculdade de Direito do Largo de São Francisco, em São Paulo.

1848   Transfere-se para a Faculdade de Direito de Olinda.

1850   Em São Paulo novamente, forma-se em Direito.

1854   Inicia, no Rio de Janeiro, sua colaboração no *Correio Mercantil*.

1856   Trabalha como redator-chefe do *Diário do Rio de Janeiro*. Publica as *Cartas sobre a confederação dos Tamoios*, polêmica com Gonçalves de Magalhães. Estreia na ficção com o romance *Cinco minutos*.

1857   Publica com grande repercussão *O Guarani*, primeiro em folhetins, depois em livro.

1860 Falece o pai do escritor — José Martiniano de Alencar —, que fora revolucionário e político influente.

1861 Elege-se deputado. Reeleito em várias legislaturas subsequentes.

1868 Ministro da Justiça durante dois anos no Gabinete Conservador.

1870 Abandona a carreira política, magoado com o imperador dom Pedro II.

1877 Vítima de tuberculose, viaja para a Europa, tentando curar--se. Falece no Rio de Janeiro a 12 de dezembro.

OBRAS DO AUTOR

ROMANCE

Cinco minutos (1856); O Guarani, A viuvinha (1857); Lucíola (1862); Diva (1864); Iracema, As minas de prata — 1º vol. (1865); As minas de prata — 2º vol. (1866); O gaúcho, A pata da gazela (1870); Guerra dos mascates — 1º vol., O tronco do ipê (1871); Sonhos d'ouro, Til (1872); Alfarrábios, Guerra dos mascates — 2º vol. (1873); Ubirajara (1874); Senhora; O sertanejo (1875); Encarnação (1893).

TEATRO

O crédito; Verso e reverso; Demônio familiar (1857); As asas de um anjo (1858); Mãe (1860); A expiação (1867); O jesuíta (1875).

CRÔNICA

Ao correr da pena (1874).

AUTOBIOGRAFIA INTELECTUAL

Como e por que sou romancista (1893).

CRÍTICA E POLÊMICA

Cartas sobre a confederação dos Tamoios (1856); Ao imperador: Cartas políticas de Erasmo e Novas cartas políticas de Erasmo (1865); Ao povo: Cartas políticas de Erasmo: O sistema representativo (1866).

BOM LIVRO NA INTERNET

Ao lado da tradição de quem publica clássicos desde os anos 1970, a Bom Livro aposta na inovação. Aproveitando o conhecimento na elaboração de suplementos de leitura da Editora Ática, a série ganha um suplemento voltado às necessidades dos estudantes do ensino médio e daqueles que se preparam para o exame vestibular. E o melhor: que pode ser consultado pela internet, tem a biografia do autor e traz a seção "O essencial da obra", que aborda temas importantes relacionados à obra.

Acesse **www.atica.com.br/bomlivro** e conheça o suplemento concebido para simular uma prova de vestibular: os exercícios propostos apresentam o mesmo nível de complexidade dos exames das principais instituições universitárias brasileiras.

Na série Bom Livro, tradição e inovação andam juntas: o que é bom pode se tornar ainda melhor.

Créditos das imagens

Legenda

a no alto; **b** abaixo; **c** no centro; **d** à direita; **e** à esquerda

capa: *objeto itálico*, 2010, obra de Alessandra Vaghi, foto de Ana Letícia Rivero; **108:** Jamie Acioli / Fundação Biblioteca Nacional; **110a:** Iconographia; **111b:** Reprodução; **115d:** Coleção particular; **117:** Fundação Biblioteca Nacional; **119a:** Iconographia; **120e:** Reprodução; **121b:** Secretaria de Turismo do Ceará; **123a:** Fundação Casa de Rui Barbosa; **123b:** © Victor Frond / Coleção Itaú / São Paulo; **124b:** Fundação Biblioteca Nacional; **125b:** Museu Júlio de Castilhos / Porto Alegre; **129a:** Fundação Biblioteca Nacional; **136b:** *Catálogo de clichês* / D. Salles Monteiro, São Paulo, Ateliê Editorial, 2003; **quarta capa:** Edilaine Cunha.

OBRA DA CAPA

ALESSANDRA VAGHI
(Rio de Janeiro, RJ, 1968)
objeto itálico, série Holotúrias, 2010
Ráfia e estrutura de metal, 117 x 125 cm
Galeria Lurixs

Em *objeto itálico*, da série Holotúrias, Alessandra Vaghi entrelaça mandalas de crochê para compor um caminho delicado e sinuoso. O bordado remete aos movimentos da memória e da vida, com os quais tecemos nossa história pessoal. Os personagens de Alencar também se veem enredados numa tessitura labiríntica — a do amor. O desejo dos amantes atravessa as armadilhas do tempo, obstáculos que acabam por avivar o afeto. Este supera até mesmo o luto da morte anunciada (*Cinco minutos*) ou pretérita (*A viuvinha*), conduzindo os personagens a destinos inesperados.

ALESSANDRA VAGHI estudou na Platt University (EUA) e na Escola de Artes Visuais do Parque Lage, no Rio de Janeiro. Trabalha com objetos domésticos e outros materiais, dando novos arranjos espaciais para elementos da vida comum. Explora a mistura de palavras e imagens, e a relação entre arte e filosofia. Participou de diversas exposições individuais e coletivas no Brasil e nos Estados Unidos, incluindo a Bienal do Mercosul de 2005, em Porto Alegre.

Este livro foi composto nas fontes
Interstate, projetada por Tobias Frere-
-Jones em 1993, e Joanna, projetada
por Eric Gill em 1930, e impresso
sobre papel pólen soft 70 g/m²